浜田廣介童話集

ハルキ文庫

JN284535

角川春樹事務所

本文イラスト　あずみ虫

浜田廣介童話集／目次

泣いた赤おに 8
むく鳥のゆめ 25
五ひきのやもり 32
よぶこどり 50
かっぱと平九郎 59
ひとつのねがい 75
砂山の松 83
アラスカの母さん 91

豆がほしい子ばと 100
お月さまのごさいなん 108
波の上の子もり歌 127
たましいが見にきて二どとこない話 133
からかねのつる 145
まぼろしの鳥 150
南からふく風の歌 153
投げられたびん 160

ひらめの目の話 173
町にきたばくの話 178
いもむすめ 191
ふしぎな花 201
編者解説 「ひろすけ童話」と浜田廣介……浜田留美 210
エッセイ 浜田廣介の作家魂
――「泣いた赤おに」から……立松和平 215

浜田廣介童話集

泣いた赤おに

どこの山か、わかりません。その山のがけのところに、家が一けんたっていました。

きこりが、すんでいたのでしょうか。

いいえ、そうではありません。

そんなら、くまが、そこにすまっていたのでしょうか。

いいえ、そうでもありません。

そこには、わかい赤おにが、たったひとりですまっていました。その赤おには、絵本にえがいてあるようなおにとは、かたち、かおつきが、たいへんにちがっていました。けれども、やっぱり目は大きくて、きょろきょろしていて、あたまには、どうやら角のあとらしい、とがったものが、ついていました。

それでは、やっぱりゆだんのできないあやしいやつだと、だれでも思うことでしょう。ところが、そうではありません。むしろ、やさしい、すなおなおにでありました。わかもののおにでしたから、うでには力がありました。けれども、なかまのおにどもをいじめたことはありません。おにの子どもが、いたずらをして、目のまえに、小石をぽんとなげつけようとも、赤おには、にっこりわらって見ていました。

ほんとうに、その赤おには、ほかのおにとは、ちがう気もちをもっていました。

「わたしは、おにに生まれてきたが、おにどものためになるなら、できるだけよいことばかりをしてみたい。いや、そのうえに、できることなら、人間たちのなかまになって、なかよく、くらしていきたいな。」

赤おには、いつもそう思っていました。そして、それをじぶんひとりの心のなかに、そっと、そのまま、しまっておけなくなりました。

そこで、ある日、赤おには、じぶんの家の戸口のまえに、木のたてふだを立てました。

ココロノ　ヤサシイ　オニノ　ウチデス。
ドナタデモ　オイデ　クダサイ。
オイシイ　オカシガ　ゴザイマス。
オチャモ　ワカシテ　ゴザイマス。

そう、たてふだに書かれました。やさしいかなの文字をつかって、赤おには、ことばみじかく書きしるしたのでありました。

つぎの日に、がけ下の家のまえをとおりかかって、ひとりのきこりが、たてふだに目をとめました。

「こんなところに、たてふだが……」

見れば、だれにも読まれるかなで書かれていました。きこりは、さっそく読んでみて、たいそうふしぎに思いました。わけは、よくわかりましたが、どうも、がてんがいきません。なんども首をまげてみてから、きこりは、山のほそ道をいそいでおりていきました。ふもとに村がありました。なかまのきこりに出あいました。

「おかしなものを見てきたよ。」

「なんだい。きつねのよめいりか。」

「ちがう、ちがう。もっともっとめずらしいもの、ふるくさくない、あたらしいもの。」

「へえ、なんだろう。」

「おにが、たてふだ立てたのさ。」

「なんだと。おにのたてふだと。」

「そうだよ。おにのたてふだなんて、いままで、きいたこともない。」

「なんと、書いてあるんだい。」

「いってごらんよ。見ないことには話にならん。」

さきのきこりと、あとのきこりと、いっしょになって、もういちど、山の小道をめぐりのぼって、がけ下の家のまえまでやってきました。

「ほら、ごらん、このとおりだよ。」

「なるほど、なるほど。」

あとのきこりは、目をちかづけて読んでみました。

ココロノ　ヤサシイ　オニノ　ウチデス。
ドナタデモ　オイデ　クダサイ。
オイシイ　オカシガ　ゴザイマス。
オチャモ　ワカシテ　ゴザイマス。

「へえ、どうも、ふしぎなことだな。たしかに、これは、おにの字だが。」

「むろん、そうとも、ふでに力がはいっているよ。」

「まじめな気もちで書いたらしい。」

「そうなれば、この文句《もんく》にも、うそ、いつわりがないことになる。」

「はいってみようか。」

「いや、まて。そっとのぞいてみよう。」

家の中から、おにはだまって、ふたりの話をきいていました。ちょっとはいれば、ぞうさなくはいれる戸口を、はいろうともせず、ひまどっているのをみると、はがゆくて、おにには、ひとりでいらいらしました。ふたりは、こっそり首をのばして、戸口の中をのぞいたらしく思われました。

「なんだか、ひっそりしているよ。」

「きみが、わるいな。」

「さては、だまして、とって食うつもりじゃないかな。」

「なあるほど。あぶない、あぶない。」

ふたりのきこりは、しりごみをはじめたらしくみえました。赤おには耳をすましていましたが、こういわれると、くやしくなって、むっとしながらいいました。

「とんでもないぞ。だれが、だまして食うものか。ばかにするない。」

しょうじきな、おにには、さっそく、窓《まど》のそばからひょっこりと、まっかな顔をつきだしました。

「おい、きこりさん。」

こえ高く、よびかけました。そのよびごえは、人間たちには、ぐっと大きくきこえました。

「わっ、たいへんだ。」

「でた、でた、おにが。」

「にげろ、にげろ。」

ふたりのきこりは、おにがちっとも追いかけようとはしないのに、いっしょになってにげだしました。

「おうい、ちょっとまちなさい。だましはしないよ。とまりなさい。ほんとうなんだよ。おいしい、おかし。かおりのいいお茶。」

赤おには窓《まど》をはなれて、外にでてよびとめようとしましたが、おじけがついたか、ふたりのきこりは、かけだして、ふりむくこともしませんでした。つまずいてよろめきながらも走りつづけて、とっとっと山をくだっていきました。

おには、たいそうがっかりしました。気がつくと、おには、はだしでとびだして、あつい地面に立っているのでありました。

おには、じぶんのたてふだにうらめしそうに目をむけました。板きれをじぶんでけずって、じぶんで切って、くぎづけをして、じぶんで書いて、にこにこしながらじぶんで立てた、たてふだなのでありました。それでしたのに、なんのききめもありません。

「こんなもの立てておいても、いみがない。まい日、おかしをこしらえて、まい日、お茶をわかしていても、だれもあそびにきはしない。ばかばかしいな。いまいましいな。」

気もちのやさしい、まじめなおにでも、気みじかものでありました。

「ええ、こんなもの、こわしてしまえ。」

うでをのばして、たてふだをひきぬいたかとおもうまに、地面にばさりとなげすてて、力まかせにふみつけました。板は、ばらっとわれました。おには、むしゃくしゃしていました。まるで、はしでもおるように、たてふだの足もぽきんと、へしおりました。

すると、そのとき、ひょっこりと、ひとりのお客が戸口のまえにやってきました。お客といっても人間のお客さまではありません。なかまのおにでありました。なかまのおにでも赤いおにではありません。青いとなると、つめのさき、足のうらまで青いという青おになのでありました。その青おには、その日の朝に、とおいとおい山おくの岩の家からぬけだして、とちゅうの山まで、雨雲にのってきたのでありました。

「どうしたんだい。ばかに手あらいことをして、きみらしくもないじゃないか。」

青おには、えんりょしないで、ちかよりながらいいました。

赤おには、いっとき、きまりがわるそうな、はずかしそうな顔をしました。けれども、すぐにきげんをなおして、青おにに、どうして、じぶんがそんなにはらをたてているのか、わけは、これこれ、しかじかと話をしました。

「そんなことかい。たまにあそびにきてみると、そんな苦労で、きみは、くよくよしているよ。そんなことなら、わけなく、らちがあくんだよ。ねえ、きみ、こうすりゃ、かんたんさ。ぼくが、これから、ふもとの村におりていく。そこで、うんとこ、あばれよう。」

「じょ、じょうだんいうな。」

と、赤おには、少しあわてていいました。

「まあ、きけよ。うんと、あばれているさいちゅうに、ひょっこり、きみが、やってくる。ぼくをおさえて、ぼくのあたまをぽかぽかなぐる。そうすれば、人間たちは、はじめて、きみをほめたてる。ねえ、きっと、そうなるだろう。そうなれば、しめたものだよ。安心をして、あそびにやってくるんだよ。」

「ふうん。うまいやりかただ。しかし、それでは、きみにたいして、すまないよ。」

「なあに、ちっとも。水くさいことをいうなよ。なにか、ひとつの、めぼしいことをやりとげるには、きっと、どこかで、いたい思いか、損《そん》をしなくちゃならないさ。だれかが、ぎせいに、身がわりに、なるのでなくちゃ、できないさ。」

なんとなく、ものかなしげな目つきを見せて、青おには、でも、あっさりと、いいました。

「ねえ、そうしよう。」

赤おには、考えこんでしまいました。

「また、しあんかい。だめだよ、それじゃ。さあ、いこう。さっさとやろう。」

青おには、立とうとしない赤おにの手をひっぱって、せきたてました。


おにと、おにとは、つれだって山をくだっていきました。ふもとに村がありました。村のはずれに小さな家がありました。ひくい竹のかきねがあって、そのわきに、さるすべりの木が、枝枝《えだえだ》に、赤い花をさかせていました。日にてらされて花はふくれてみえました。

「いいかい、それじゃ、あとからまもなく、くるんだよ。」

青おには、ささやくようにいうが早いか、かけだして、小さな家の戸口のまえにやってきました。そうして、きゅうに、戸をつよくけりつけながらどなりました。

「おにだ、おにだ。」

家の中では、おじいさんと、おばあさんとが、おひるのごはんをたべていました。あけ

っぱなしの戸口のまえに、ひるまなか、おにのすがたが、ひょっこりと立ったのを見て、きもをつぶして、とびたって、

「おにだ、おにだ。」

と、さけびつづけて、ふたりいっしょに、うら口からにげだしました。

にげていくおじいさん、おばあさんには、ちっとも用がありません。青おには、中にはいると、さっそく、さら、はち、ちゃわん、ちゃがまなど、手あたりしだい手にとってなげつけました。ごはんいれもなげつけました。ごはんつぶが、そこらにとんで、しょうじのさんや、柱のかどにくっつきました。みそしるのなべはころげて、しるは、ろぶちにたらたらとしたたりました。がらがら、がちゃん、がちゃりん、ちゃりん、どたん、ばたんと、青おには、とんだり、はねたり、さかだちしたりしていました。

「まだ、こないかな。」

そう、そっと思うところに、あいてのわかい赤おにが、いきをきらしてかけてきました。

「どこだ、どこだ。らんぼうものめ。」

赤おには、こぶしをにぎって大きな声で、そういって、青おにがいるのを見ると、かけよって、

「やっ、このやろう。」

と、どなるといっしょに、つかみかかって、首のところをぐいぐいとしめつけました。こつんと一つ、かたいあたまをうちすえました。青おには首をちぢめて、小さな声でいいました。

「ぽかぽか、つづけてなぐるのさ。」

赤おにには、そこで、ぽかぽかうちました。どうなることかと、ものかげから、おっかなびっくり、のぞき見をして、はらはらしている村人たちには、たしかにつよく、赤おにが、らんぼうおにをなぐったように見えました。それでしたのに、青おには小さな声でいいました。

「だめだい。しっかりぶつんだよ。」

「もういい。早くにげたまえ。」

そう、赤おにが小さな声でいいました。

「そんなら、そろそろにげようか。」

赤おにのまたをくぐって青おには、にげだしました。あわてたようなふりをして、戸口を出ようとするときに、青おには、わざと、ひたいをはしらのかどにうちあてるまねをしました。ところが、つよくうちすぎて、おもわず声をたてました。

「いたたっ、たっ。」

赤おには、びっくりしました。

「青くん、まてまて。見てあげる。いたくはないか。」

赤おには、しんぱいしながらおいかけました。青おには、おもいがけなく青いひたいに青い大きなこぶをつくって、こぶをなでなでにげました。村人たちは、うしろからあっけにとられて、おにどもふたりが走っていくのを見ていました。

おにどものすがたが、むこうにきえてしまうと、人たちは、はじめて、てんでに話をかわしていいました。

「これは、どうしたことだろう。」

「おには、みんな、らんぼうものだと思っていたのに。」

「あの赤おには、まるきりちがう。」

「まったく、まったく。してみると、あのおにだけは、やっぱりやさしいおになんだ。」

「なあんだい。そんなら早く、お茶のみに出かけていけばよかったよ。」

「そうだ。いこうよ。これからだって、おそくはないよ。」

そんなふうに、人たちは、たがいにかたりあいました。

村人たちは安心しました。その日のうちに山に出かけていきました。赤おにの家の戸口に立ちながら、戸をとんとんとかるくたたいて、いいました。

「赤さん、赤さん、こんにちは。」

人間のことばをきくと、赤おには、いっそくとびにとんで出て、にこにこ顔で出むかえました。

「ようこそ、ようこそ。さあ、どうぞ。」

おには、いそいで、おうせつ間にあんないしました。木のかべ、木の床《ゆか》、天じょうも木の皮張《かわば》りでできている質素《しっそ》なへやでありました。まるい食卓《しょくたく》、足のみじかい、ひくいいす、みんな木でできていました。そうしてそれらは、どれもみな、その赤おにが作ったものでありました。かべには、ちゃんと、あぶら絵がかかっていました。そのがくぶちは、しらかばのきれいな皮でできていました。それもやっぱり、赤おにが作ったものでありました。しかも、あぶら絵そのものが、赤おにの苦心の作でありました。その絵というのは、おにと、ひとりの人間の子が、かかれていました。人間のかわいい子どもを赤おにが首のところにまたがらせ、しょうめんむきになっているのでありました。たぶん、その絵の赤おには、じぶんの顔をえがいたのかもしれません。六月ごろのみどりの庭を背景《はいけい》にして、うれしそうな赤おにと子どもの顔とが、いきいきとえがきだされてみえました。人たちは、へやをぐるっとながめまわして、手せいのいすに、どっかと、こしをかけました。かけると、なんともぐあいがよくて、だれのからだもらくらくとするだけではなく、心もちまでゆったりと、おちつくことができました。どうして、こんなに手ぎわがよいのでありましょう。おにに、たずねてみましょうか。

いや、まて、ごらん。赤おには、じぶんでお茶をだしてきました。おかしも、じぶんではこんできました。

なんと、おいしいお茶でしょう。

なんと、おいしいおかしでしょう。

これまで、ずっと、こんなにおいしいお茶をのみ、こんなにおいしいおかしをたべたというものが、ただのひとりもいませんでした。村にかえって人たちは、おにのおいしいごちそうを口口にほめたてました。おにのすまいが、さっぱりしていて、いやみがなくて、いごこちが、まったくよいということを、だれもかれも、ほめたてました。

「そんなら、おれも出かけよう。」

「きみは、きのう、いったじゃないか。」

「まい日、いってもいいんだよ。」

こんなぐあいで、村から山へ人たちは、三人、五人とつれだって、まい日出かけていきました。こうして、おにには人間の友だちなかまができました。まえとはかわって、赤おにには、いまは少しもさびしいことはありません。けれども日かずがたつうちに、心がかりになるものが、一つ、ぽつんと、とりのこされていることに、赤おには気がつきました。

それは、ほかでもありません。

青おにのこと――したしいなかまの青おにが、あの日、わかれていってから、ただの一どもたずねてこなくなりました。

「どうしたのだろう。ぐあいがわるくているのかな。わざと、じぶんで、はしらにひたいをぶっつけたりして、角でもいためているのかな。ひとつ、見まいにでかけよう。」

赤おには、したくをしました。

キョウハ　イチニチ　ルスニ　ナリマス。
アシタハ　イマス。
　　ムラノ　ミナサマ　　　　アカオニ

半紙にかいて戸口のところにはりだして、おには夜あけに家を出ました。山をいくつか、谷をいくつか、こえてわたって青おにのすみかにきました。夏もくれていくというのに、おく山の庭のやぶには、まだ、やまゆりが、まっ白な花をさかせて、ぷんぷんとにおっていました。松の木のふとい枝から、ぱらぱらとつゆがこぼれて、ささの葉をぬらしていました。まだ、日はさしていませんでした。高い岩のだんだんをいそいでのぼって、赤おには戸口のまえに立ちました。戸が、かたくしまっていました。

「まだ、ねているかな。それとも、るすかな。」

ふと、気がつくと、戸のきわに、はり紙がしてありました。そうして、それに、なにか字が書かれていました。

アカオニクン、ニンゲンタチトハ　ドコマデモ　ナカヨク　マジメニツキアッテ　タノシク　クラシテイッテ　クダサイ。ボクハ　シバラク　キミニハ　オ目ニ　カカリマセン。コノママ　キミト　ツキアイヲ　ツヅケテ　イケバ、ニンゲンハ、キミヲウタガウ　コトガ　ナイトモ　カギリマセン。ウスキミワルク　オモワナイデモ　アリマセン。ソレデハ　マコトニ　ツマラナイ。ソウ　カンガエテ、ボクハ　コレカラタビニ　デル　コトニ　シマシタ。ナガイ　ナガイ　タビニ　ナルカモ　シレマセン。ケレドモ、ボクハ　イツデモ　キミヲ　ワスレマスマイ。ドコカデ　マタモ　アウ日ガ　アルカモ　シレマセン。サヨウナラ、キミ、カラダヲ　ダイジニシテ　クダサイ。
ドコマデモ　キミノ　トモダチ　　　　アオオニ

赤おには、だまって、それを読みました。二ども三ども読みました。戸に手をかけて顔をおしつけ、しくしくと、なみだをながして泣きました。

むく鳥のゆめ

ひろい野原のまん中に、たいそう古いくりの木が立っていました。木には、ほらが、できていました。そのほらに、むく鳥の子が、とうさん鳥とすんでいました。

秋もくれて、すすきのほが白くなると、とうさん鳥は、そのほをくわえて、巣の中に持ってきました。ほは、やわらかでありました。からだが、まもなくほかほかしてきて、わたのふとんにいるのとおなじでありました。それでしたから、冬がきて、しもがおりても、みぞれがふっても、そんなにこまりはしませんでした。

けれども、天気のわるい日がきて、そとへ出る日がすくなくなると、むく鳥の子は、ある日、じぶんのかあさん鳥に気がつきました。かあさん鳥は、この世にいなくなっていました。けれども、それとは知らないで、とおいところにでかけていったと、そうばかり思っていました。とうさん鳥が、いつか、そうおしえたからでありました。

ある日、また、むく鳥の子は、たずねました。

「おとうさん、まだ、おかあさんは、かえってこないの。」

あたたかなすすきのわたにくるまって、とうさん鳥は、からだをまるめて、じっと目をとじていました。

「え、おとうさん。」

ときかれたときに、とうさん鳥は、うすいまぶたをあけました。そして、しずかにいいました。

「ああ、もうちっと、まっておいで。」

「いまごろは、海の上をとんでいるの。」

そう、むく鳥の子がきくと、

「ああ、そうだよ。」

と、とうさん鳥は答えました。

「もう、いまごろは、山をこえたの。」

と、しばらくたって、また、きくと、

「ああ、そうだよ。」

と、とうさん鳥は答えました。とうさん鳥のようすは、なんとも、ものぐさそうにみえました。子どもの鳥は、それを見て、もうそのうえに、たずねようとはしませんでした。

けれども、十日、はつかとたっても、かあさん鳥はかえってきません。むく鳥の子には、十日は、ひと月よりも、いや、もっと、一年よりもながいものに思われました。

さて、ある夜なかでありました。むく鳥の子は、ふと、ぽっかりと目がさめました。かすかな音がきこえました。

かさこそ、かさこそ……。

耳をむけると、木のほらの口もとらしく、どうやら羽のすれあうような音でした。むく鳥の子は、とうさん鳥をゆすぶりおこしていいました。

「おとうさん、おとうさん。おかあさんが、かえってきたよ。」

とうさん鳥は、あわてたように目をあけました。けれども、すぐに気がついて、

「いやいや、ちがう。風の音だよ。」

そういって、また、目をとじてしまいました。けれども、子どものむく鳥は、どうにもねむられませんでした。こっそりと、ほらの出口にいってみました。すると、それは、とうさん鳥のいったとおりに、つめたい風が黄いろいかれ葉をふいているのでありました。

「やっぱり、そうかな。」

むく鳥の子は、つまらなそうにつぶやきました。ほらのねどこにもどりました。あたたかなねどこの中は、もう半分はひえていました。むく鳥の子は、とうさん鳥に、小さなか

らだをすりよせて、足をちぢめてねむりました。

夜があけました。朝の光が、ほのじろくさしてきました。でも、木のほらには、ぼんやりと、うすいやみが、こもっていました。むく鳥の子は目があくと、ほらの出口にいってみました。みると、その木のどの枝《えだ》にも、葉は、もうついていないのに、どうしたことか、たった一まい、口もとの一つの枝《えだ》についているのでありました。

冬の日は早くしずんで、くらい夜がすぐにきました。子どもの鳥は、いつものように、とうさん鳥のそばにならんでねむりました。すると、夜なかに、またぽっかりと目がさめました。かすかな音が、また、その耳にきこえました。

かさこそ、かさこそ……。

かれ葉が、なるのでありました。けれども、それは、かあさん鳥の羽音のようにききとれました。それから、なにか、かあさん鳥が、ささやくようにも思われました。むく鳥の子は、きいているまに、ただ、したわしくなってきました。きけばきくほど、ただ、なつかしくなってきました。

「なんだって、ああいう音をたてるのだろう。」

むく鳥の子は、ふしぎでたまりませんでした。

夜があけました。風は、その日も野原の上をふいていました。ほらの出口にでてみると、一まいきりのうすい葉は、いまにも風にもぎとられ、とばされそうにみえました。むく鳥の子は、いそいでほらの中にもどると、巣の中の毛をぬきとって、ひとすじくわえて、またロもとにでていきました。毛は、ほそ長い、馬の尾《お》の毛でありました。その毛でからめて、むく鳥の子は、かれ葉のもとを、枝《えだ》にしっかと、くくりつけ、とれないようにしめつけました。

「こうしておけば。」

と、むく鳥の子は思いました。

「どんなにつよい風がふいても、だいじょうぶ。」

大きな風がふいてきて、たった一まいだけの葉を、どこか、とおくへはこんでいってしまうことかもしれないと、子どもの鳥は考えたのでありました。ほらにもどると、とうさん鳥が、ききました。

「おまえ、なにをしてきたの。」

してきたことを、子どもの鳥は答えました。とうさん鳥は目をとじて、だまってそれをきいていました。けれども、みんなきいてしまうと目をあけて、子どもの鳥を見まわしました。首をまげまげ目をむけて、つくづくと見まわしました。

その夜のことでありました。むく鳥の子は、ゆめをみました。どこからか、からだの白

い一わの鳥がとんできて、ほらのなかまでちょこちょことはいってきました。むく鳥の子は、おどろいて、

「ああ、おかあさん。」

と、よびました。

けれども、白いその鳥は、なんにもいわずに、やさしい二つの目をむけて、子どもの鳥をながめました。ひるまなか、とうさん鳥がながめたようにつくづくと見まわしました。むく鳥の子は、羽をならしてとびたって、白いからだにとりすがろうとしましたが、白いすがたは、ふっつりと、どこかへきえてしまいました。それといっしょに、むく鳥の子は目がさめました。むく鳥の子は、まるい目をして、ほらの中を見まわしました。ふかいやみが、まだいっぱいに、ほらのねどこをふさいでいました。

あくる朝、早くおきると、むく鳥の子は、ほらの出口にでていきました。すると、かれ葉にうすい雪が粉のようにかかっていました。それを見て、ゆうべのゆめにきた鳥は、もしかしたら、この白い葉であったのかもしれないと思いました。むく鳥の子は、羽でたたいて葉の雪をはらいおとしてやりました。

五ひきのやもり

ある家の南がわのあらかべと、板とのあいだに、ふうふのやもりが住んでいました。そこは、二ひきに、このうえもないたのしい世界でありました。なぜかなら、だれでも知っているように、やもりは、そとのあかるい光をおそれます。そとの光がつよくては、目がくらくらとなるばかりでなく、あたまのしんまでいたくなります。ですから、そこに住まうには、まず、その場所がくらくなくてはなりません。そうかといって、まっくらやみでは、どこをどちらへ歩いてよいのかわかりません。ですから、それでもこまります。こまるといっても、おもうとおりの住みよい場所というものは、そうあるものではありません。それなのに、そのあいまには、くらさかげんが、あつらえむきにたまっていました。

つぎに、すまいときめるには、安全な場所でなくてはなりません。くらさかげんがあつらえむきでも、ひとが、かってにはいってきやすい所では、やすむときにも、ゆっくりとやすむわけにはいきません。それなのに、そこのあいまは、かべと板とのひらべったい世界でしたから、まず、だれも、はいってこないとおもわれました。とは、いうものの、そとからそこをそっとのぞいて見るものが、ぜったいになかったのではありません。

はめ板の、あるひと所がずれおちて、ほそいすきまができていました。また、そのほかに、はめ板には、ふし穴《あな》があいていました。ですから、それらのすきまから、ひるまの光がさしました。それとおなじく、お月夜のしずかな光が、こぼれるようにさしました――穴《あな》からもれてかべのおもてに、ぽつりぽつりと花のように。もし、月に花のにおいがあるとして、月の光のぽつぽつに鼻さきをよせてみたなら、うす青い、あまいにおいが、ほんのりと、かがれたことかもしれません。

二ひきのやもりは、そこになかよく住んでいました。ちょうど春でありました。時間は、ひるにちかいころでもあったでしょうか。日は、ぽかぽかと、はめ板のそとをてらして、ものやわらかなあたたかみが、板をとおして、かべのがわまでとどいていました。

「ちっちっちっ、なんとよい天気だろうな。」

やもりの小さな声がしました。

「ちっちっち。」

と、やさしい声が答えました。

「このようすでは、もうじき、さくらがさくでしょうと、人たちが、いっていますよ。」

「そうだろうとも。ふくれるものは、さくらのつぼみばかりじゃない。なにもかもさ。わしのおなかも、ふくらんでくる。おなかを板におしつけて、じっとしていりゃ、あたまのさきまでぽかぽかして、つい、うとうとと、なっちまう。」

「まあ、そんなですか。でも、あなた、それじゃ、のぼせてきませんか。そこよりは、かべのほうが、よくありませんか。」

「なあに、ここで、けっこうさ。」

「でも、なんですか、こちらのほうが、よいようで。」

「どうしてかい。」

と、おすのやもりが、たずねました。

「どうしてって、べつに、わけもないんですけれど、なんだか、そんな気がしますわ。それに、ここでも、あたたかみは、じゅうぶんですもの。やもりは板にいるよりも、かべのおもてにいるほうが、安全なんじゃありませんか。」

「ははあ、ばかに用心ぶかいな。この世界なら、どこにいたっておんなじさ。」

ふうふのやもりは小さな声で、こんなふうに話していました。みなさんは、ちっちっちという、やもりの声を、どこかで聞かれたことがあるでしょうか。たがいに話をしているうちに、おすのやもりは、まぶたが、おもくなってきました。そして、めすが、なにか話をしかけたときに、うとうとしながらいいました。

「ああ、ねむい。」

「じゃ、ひとねむり、しなさいな。」

かべにいるめすのやもりは、そういって、自分もしずかにからだのむきをかえました。ねむるにしても、やもりでしたから、四つの足の五本のゆびを、そのまま板につかまらせ、まぶたを、そっと、とじさえすれば、それでよいのでありました。そうやって、おすのやもりは、ねむりました。話しあいてがなくなると、めすのやもりも、だんだんねむくなってきました。そして、まもなく、めすも、ねむってしまいました。

半時間も、たったでしょうか。ここの家のおじいさんが、のこのこと、うらのほうからやってきて、南がわのかべの所に二つの足をとめました。はめ板のかげのやもりは、そのの足音を知らないようにねむっていました。耳のさといやもりのことでありましたから、ねむっていても足音だけは聞いたことかもしれませんでした。けれども安全だいいちな世界をすまいとしているやもりは、あるもの音を板のそとにききつけても、いつか、しぜんと、むとんじゃくになっていました。

　さて、おじいさんは——と見ると、手にかなづちと、二本のくぎとを持っていました。おじいさんは、ずれおちているはめ板を、わずかばかりうごかして、手をかけながら、くぎをそこにあてがうと、くぎのあたまに、かなづちをうちあてました。ひとうち、ふたうち……ねているやもりは、なにか、からだに、いつもとはちがうひびきを感じました。けれども、それは、全身をうごかすような、ゆかいなひびきでありました。つづいて、つよい音がして、ふっと目がさめたとおもうと、とたんに、からだが、あついものにさされたような気がしました。つづいて、だげきをうけたとき、足ゆびは板からはなれて、つっぱるようないたみを、こしにおぼえました。

　そのときに、めすのやもりも目がさめました。見ると、なんとしたことか。おすのやもりが、ほそながいものにさされて、からだを宙《ちゅう》にうかせているではありませんか。

「あ、あなた。」

　めすは、あわてて、そこからざっと二十センチはいのぼると、おすのやもりのまむかいにきて、そのおどろくべきできごとに目をこらそうとしましたが、なんともいえないおそろしさに、くらくらと目まいがしそうでありました。めすは、かべにつかまって足に力をいれました。なぜかといって、ぶるぶると、からだが、ふるえて、おちそうな気がしたからでありました。

「あ、いたい。あ、いたい。」

おすは、もがいて身をうごかそうとしましたが、足は空をかくだけで、どうすることもできません。めすは、めすで、ちっちっと、かなしい声をたてながら、ただもう、そこらをさわぐばかりでありました。

なんという、それは不運であったでしょう。

おじいさんは、なにも知らずに、ただ、はめ板のずれているのをなおそうとして、二本のくぎを打ちつけたのでありました。くぎと、くぎとは、三十センチのあいだをおいて打たれました。もしも、一本めのくぎが二本めのくぎの所にまっさきに打たれたことであったなら、ひびきのために、おすのやもりは目をさまして、そこの板からにげたことかもしれませんでした。けれども、あいにく、ねている場所に、まっさきに、まず、一本めのくぎは打たれてしまいました。

一つ、運のないところ。

また、まっさきに、そのくぎが打ちつけられても、くぎがみじかいものでしたなら、ことがおこらなかったでしょう。はめ板は、あつくない板でしたから、みじかいくぎでも、まにあったのでありました。けれども、たなのくぎ箱には、手ごろのくぎがなかったのでした。おじいさんは長すぎるとは思いましたが、五センチのくぎを一本うちつけました。そのくぎは、まだあたらしくて、さきはするどくとがっていました。そして、くぎは板とやもりのこしとをぬいて、そのさきが、かべまでとどいてしまいました。

二つ、運のないところ。

もし、また、くぎがどんなに長いものであっても、おすが、ひるねをするまえに、めすのやもりのいったとおりに安全なかべのほうにうつっていたなら、そういうめには、あわずにすんだことでしょう。

三つ、運のないところ。

よくよく運がなかったこととはいいながら、くぎがあたまをささなかったということだけは、やもりにとって、このうえもないおしあわせでありました。とはいうものの、うまくいのちは助かっても、こしのところをくぎにさされてしまいました。いたくていたくて、うごくことができません。きず口からは赤い血が、ぽたりぽたりとたれおちました。

「からだが半分しびれてきた。晩《ばん》がたまでに、おれは死ぬ。」

「そんなことがあるものですか。気をしっかりとおもちなさい。」

と、めすのやもりは、はげますようにいいました。

「たとえ、いのちが助かっても、もう、こうなっては、なんとしよう。ああ、もう、くぎからぬけられない。」

「なんの、しんぱいしなさるな。きずをなおしてしまいなされば、あとは、また、あとのしあんがございましょう。」

「いや、もうだめだ。見るがよい。くぎは、からだをつきぬけて、かべにしっかとささっているぞ。」

くぎのやもりは、そういって、しくしくとなきだしました。めすも、それにはなんとも答えませんでした。くぎを見るのが、ただ、おそろしく思われて、やりどころのないかなしみが、むねいっぱいにふさがって、めすのやもりも泣いているのでありました。

日は、だんだんに西にうつって、南がわにも、かげが深くなってきました。ひらべったい世界のなかから日のあたたかみはだんだんうすれて、くぎのやもりは、白っぽく、やみの中にういてきました。やもりは、うごきませんでした。死んでしまったのでしょうか。いいえ、つかれてねむったのです。そしてそこには、くしざしのやもりのほかに、いるはずのめすのやもりが見えません。

「くぎにさされて、どんなにか、からだが、よわることかしら。まず、できるだけ養分をとらなければならないわ。」

めすのやもりは、そう考えて、おすのやもりが、ねているあいだに、おいしいものをさがしてこようと出ていったのでありました。


めすのやもりは、おすのやもりをいたわって、おいしいえさを見つけてきては、毎日、おすにたべさせました。おすのからだは、だんだんにかいふくしました。そうするうちに、めすのやもりは、たまごを三つ生みました。そして三つのたまごから、おすが二ひきと、めすが一ぴき生まれました。三びきの子どものやもりは、生まれた日からちょろちょろとはいだしましたが、くぎのやもりを見つけたときに、たいそうふしぎに思いました。

子どもやもりの三びきは、

「おかあさん、あれは、なあに。」

とたずねました。

「なにって、あれが、おとうさんです。」

「おとうさん、おとうさんか。」

と、子どもやもりは、おどろいて、やさしい六つの目をむけて、おかしなすがたをつくづくとながめました。

「どうだ。ふしぎに思うだろうな。おとうさんは、くぎに、さされてしまったのだよ。からだは、どうにかうごかすことはできるけれども、くぎからは、はなれることができないよ。いきたくっても、そちらのほうへいかれはしない。でも、おまえたち、さあさあ、そばに、はって、おいで。かべの下まではいおりて、こちらにうつってくるのだよ。」

くぎにかた手をかけながら、上半身をすこしねじってとうさんやもりは、子どもやもりのいるほうへ、きゅうくつそうにあたまのさきをむけました。その目は大きく見ひらいて、きらきらひかって、もえているかと思われました。三びきの小さなやもりは、まだ小さくて、かべから板にとびつくことができません。かべをつたって下までおりていきました。とうさんやもりは、よろこんで、からだを板のほうへよせ、はらと足とを板におしつけ、三びきがのぼってくるのを待っていました。すると、たいらな板の世界に一ぴきの小さなあたまが見えてきました。つづいて一ぴき、もう一ぴき、どれも似《に》たような、かわいい足をうごかしながら、ちらちらとすすんできます。とうさんやもりは、どんなに、うれしかったでしょう。目には、なみだが、わきました。

こうして、小さな子どものやもりは、かべと板とのたいらな世界をいったり来たりしていました。大きくなると、かべから板にとびついて、いつでも、たやすく、とうさんやもりのそばにきました。とうさんやもりも、いまはほとんどさびしい気もちをわすれることができました。それに痛手《いたで》もなおってしまって、くりぬかれているきずあとは、くぎにすれても、いたまぬようになりました。

あるときでした。とうさんやもりは、手はずしをして、ふいにさかさになったとおもうと、はずみをくって、くるりとかるく、くぎの棒《ぼう》をまわりました。すると、子どもの三びきは、おもしろがってわらいました。まったく、これは自分にとってもおもいがけないことでしたから、とうさんやもりも、一つくるりとまわったときに、つい、にっこりとわらいました。

「おとうさん、もっと、やってよ。」

と、おとうとやもりが、いいました。

「もっと、やるか。そうか、そんなら見ておいで。」

とうさんやもりは手ばなしをして、右に左に、さかさめぐりをしてみせました。すると、からだが、くるくると車のようにみえました。

「まあ、あなた。そんなにふざけて、およしなさい。」

と、かあさんやもりは、よこあいから、まがおになっていいました。

そばからいわれるまでもなく、こういうしぐさは、ばからしい余興《よきょう》であるとは思われましたが、それでも、それが、子どもらをうれしがらせるげいとうの一つであるとかんがえて、とうさんやもりは、あまんじて、それをしたのでありました。そして、それは、じっさいに子どもらをわらわせました。けれども、子どものやもりらは、そういつまでも子どもでいません。だんだんにおとなになるにしたがって、思うこともちがってきます。いまでは気がつかないでいたことも、気がつくようになるのです。その三びきも、おとなになって、そとに出て、よそのやもりの父親を見てかえってくると、とうさんやもりのあわれなすがたに、だまってその目をむけながら、なにか、心に思うようになりました。

ある日、二ひきのきょうだいやもりは、かあさんやもりにいいました。

「おかあさん、しばらくおひまをくださいませんか。おとうさんをどうかして自由なからだにしてあげたくてなりません。どうしたなら、くぎの棒《ぼう》から、はなれることができましょうか。旅にでて、その方法をさがしてみたいと思います。」

「それは、ほんとにありがとう。さがしてみたなら、その方法がみつからないともかぎりません。それでは、そうしてくれますか。」

すると、それに、とうさんやもりが、いいました。

「そんなにも思ってくれるか、ありがたい。だが、よその世界は、ひろい。よく気をつけていっておいで。方法が、みつからなくても、がっかりしないで、かえっておいで。」

「はい、おとうさん。それでは、どうぞ、たっしゃで待っていてください。」

　二ひきのやもりは、しらない世界に旅だちました――きょうだいならんで。ちょろろ、ちょろろとおなじようにはいながら。きょうだいは、どこかで、わかれわかれに道をまがっていったでしょうか。それとも、遠くどこまでも、つれだっていったでしょうか。

　一年、二年は、たちました。三年、四年と、たちました。六年、七年、たちました。けれども、兄も弟も、どちらへいったのでしょうか。八年が九年になっても、どちらもかえりませんでした。

　とうさんやもりが、いいました。

「どうしたのだろう。もう十年にもなる。こんなにもどってこないのでは、生きているとも思われない。どこかでか、いのちをおとしてしまったのではあるまいか。」

「まさか、そうでもありますまい。もうすこし、待っていましょう。」

と、かあさんやもりは答えました。けれども、自分も心のなかでは、あるいはそうかもわからない、もしも、そうなら、なんというなさけないことであろうと、よこをむき、そっと、なみだをふきました。

　すると、そのとき、そのようすを見て、むすめのやもりが、いいました。

「そんなら、おかあさん。わたしが、ひとつ、にいさんたちを、さがしてきましょう。どんなにひろい世界でも、いっしんにさがしまわれば、知れないことはございますまい。どうぞ、やってくださいまし。」

きいて、そばからとうさんやもりが、いいました。

「いやいや、いけない。おまえが、うちにいてくれなくては、どうしよう。わしがいなくなったなら、かあさんが、あとにのこって、だんだんに年をとっていくではないか。それに、おまえも、とっくに年がすぎたのに、まだ、およめにもいかないでいる。それを思うと、わしは、かなしい。もう半年も待ってみて、にいさんたちがかえらなかったら、むこをもらって、身をたてて、わしらに安心させてくれ。」

そういう話をしていると、ふと、かさこそと音がして、ひらべったいあいまの世界に、なにか、ちょろちょろはいってきました。見ると、二ひきつれだって、かたれば、かげの、きょうだいやもりでありました。

「おや、おかえりか。」

そういう声は、かあさんやもりの声でした。

「にいさん、おかえり。」

そういう声は、いもうとやもりの声でした。

「かえってきたか。」

そういう声は、とうさんやもりの、まだ生きている声でした。

どんなにか、それらの声は、なつかしかったことでしょう。きょうだいは、ひらべったい板をのぼって、とうさんやもりのそばにきました。

「おとうさん、かえってきました。けれども、十年あるいても、よい方法が、ついに見つかりませんでした。お申しわけがありません。」

「よいとも、よいとも。わしは、うれしい。もう、あうことができないものと思っていた。」

十年たって、いま、見れば、むすこのすがたは、どちらもほそくやせこけて、皮がたるみ、色はよごれて、なみなみではない旅のやつれが、その目のくぼみに出ていました。

「ずいぶん、苦労をしたろうな。」

「はい、とにかくも、あるけるだけは歩いてみました。家を出てから五年めに、見たこともない、ふるい、がまに出あいました。なん年か、旅から旅をめぐってあるくうらない者だと、自分でいっていましたが、がまが申しましたことには、いくら、そこらをあるいても、その方法はみつかるまい。しかし、たしかに、おとうさんは自由になれる。どうして自由になれるのか、それは、わしにもわかりはしないが、あと、まる五年待つがよい。うらなうと、そう出ていると、いいました。」

「うむ、そうか。そんなことをいったのか。」

「はい、ぼくも聞いていました。」

と、おとうとやもりが、そばから口をそえました。

とうさんやもりは、はたしてそれを信じてよいのか、信じまいか、自分にわかりませんでした。いいえ、半分それを信じて、半分それをうたがいました。なぜかといって、あと、まる五年の五年めが来ているのでした。どうして、自分は、きょう、あしたに、自由なからだになれましょう。とうさんやもりは、それを思って、たんそくしながらいいました。

「もう五年めも、このままで、おしまいだろうよ。」


そういって五分ともたたないうちに、ふいに、なにかが、はめ板をおしつけました。がさがさと、すれる大きな音がしました。つづいて、板がめりめりとはがされました。ふいに、ぱっと、そとの光が、まぶしくさして、くぎのやもりは、くぎづけのまま、板といっしょに地めんの上にはなたれました。

地めんは春でありました。

「おやおや、やもりが。」

そういったのは、おじいさんのむすこの声でありました。おじいさんは、もう、この世には、いなくなってしまっていました。けれども、むすこは、やもりが、くぎにさしぬかれて、ただ、くるくるとまわるばかりであることに気がついたとき、そして、そばに四ひきのやもりが逃《に》げもしないで、板にしっかとしがみついているのを見たとき、一つの家族が、くしざしのやもりをまもって、ながいあいだ、くらしてきたということに、はっきりと感づくことができました。

「おうい、みんな、来てみないか。」

むすこは、いそいで、おおごえに家族のみんなを呼《よ》びました。

（旧題＝「神は真を見せたまふ」）

よぶこどり

みなさんは、知っていますか。また、みたことがありますか。よぶこどり（呼子鳥）という鳥を。

ある山の畑のやぶに、一ぴきのかわいいりすが、すんでいました。りすは、ひとりぼっちでしたから、いつもひとりであそんでいました。夏もそろそろちかづいて、日ざしがあつくなりかけた日に、りすはあそびくたびれて、森のほうからかえってきました。すると、畑に白いものがおちていました。それは一つのまるいたまごでありました。りすは、たいそうよろこんで、ひろってもどると、毎日それをだいていました。

日かずがたって、たまごから一わのひながかえりました。りすは、うれしくてなりません。ひなが、なにか、ほしがって、黄いろい口を大きくあけると、りすは、すぐに、おいしいえさをやりました。ひなが、ぴいぴい鳴きたてると、りすは、すぐに子もり歌をうたいました。りすは、たいそう歌がじょうずでありました。いつまでも、うたっていました。歌は、やさしく、やぶのそとまでもきこえました。ひながねむると、りすは、やぶからぬけだして、いそいで森にいきました。そして、えさをさがしあてると、いそいでやぶにもどってくるのでありました。

りすは、ひなに、カッコウと名をつけました。なんと名をつけたらよいかと思っていると、ある朝、ふもとの村のほうから、にわとりのたかい声がきこえてきました。

コケカッコウ、コケカッコウ。

「そうそう、げん気な、あのこえがよい。カッコウがよい。」

と、りこうなりすは、そう、きめたのでありました。

ひなは、日に日に大きくなって、羽の毛もそろってきました。りすは、ひなを毎日かわいがりました。子もり歌は、いつからか、きこえぬようになりましたが、もうそのころには、ひなは、りすを、ほんとうのおかあさんと思いこんでしまいました。

「おかあさん、どこへいくの。」

「おかあさん、なにしているの。」

そう、よびかけて、いつも、あとをしたっていました。

ところが、ある日、りすのいないときでした。畑のもぐらが、あなのふちから、そっとのぞいて、ひなと話をしているうちに、こんなことをいいだしました。

「おまえさんは、ね、たまごだったよ。畑におちていたんだよ。」

「うそだい。」

と、ひなは、もぐらにいいました。もぐらが、じぶんをからかうのだと思いました。

「ほんとだよ。おちていたたまごだったよ。それをひろって、ありすさんが、そだてたんだよ。」

「うそだい。」

「うそなもんか。そんなら、きいてみるがよい。」

もぐらはおこって、口さきをとがらしました。きゅうに、ぷいと、はなさきをあなのふちからひっこめて、そのままかくれてしまいました。ひなは、あとにのこされて、ひとりで、じっと、いまの話をかんがえました。

「もとは、まるいたまごだって。そうかしら。そんなことがあるかしら。」

すると、それが、ほんとうらしくも思われました。

「うそなら、もぐらが、あんなにおこって、ひっこむはずがないだろう。からかう気なら、わらって、やいやい、いうだろう。」

ながいながい夏の日が、森のかげにしずむじぶんに、りすは森からもどってきました。

りすは、さがしてきたえさを、ひなにやろうとしましたが、ひなにげん気がありません。

「どうかしたの。」

と、りすは、さっそく、しんぱいそうにききました。

「おなかが、いたいの。すこしなの。」

と、ひなは、こたえていいました。

するとりすは両手でそっと、おなかをなでてくれました。ひなは、おなかをなでてもらうと、かえってかなしくなりました。

「やっぱり、これが、おかあさんにちがいない。」

ひなは、そう、心にはっきり思いました。それでしたのに、もぐらからいわれたことが、あたまのさきからとれません。つぎの日も、ふさいでいました。すると、また、夕がたじぶんに、りすが森からもどってきました。りすは、さがしてきたえさを、ひなにやろうとしましたが、その日も、ひなは、しおれていました。

「どうかしたの。」

と、りすは、また、しんぱいそうにききました。

「あたまが、いたいの。すこしなの。」

と、ひなは、こたえていいました。

するると、りすは、あたまをなでてくれました。ひなは、あたまをなでてもらうと、かえってかなしくなりました。

「やっぱり、これが、おかあさんにちがいない。」

ひなは、そう、心にしっかと思いました。それでしたのに、どうしても、もぐらの話が心にかかってとれません。こうしているまに、ひなは、しぜんに、じぶんのからだと、りすのからだに気がつきました。

「なるほど、こんなにちがっている。もぐらの話は、ほんとうらしい。」

と、じぶんから思うようになりました。

ある日のひるすぎに、ひなは、やぶから明るい空をながめていました。空は青く、どこまでもつづいていました。みていると、むこうから一わの鳥がとんできました。鳥は、つばさを波のように動かしながら、だんだんちかくなってきて、ちょうど、ひなのあたまの上を高くよこぎりました。ひなは首をさしのべて、じっとそれをみていましたが、じぶんにも思いがけないかんがえが、うかんできました。

「あれが、ほんとうのおかあさんじゃないかしら。」

とんでいく鳥のかたちは、たいそうじぶんににていました。ひなは、すぐに、ぱさぱさと羽をならしてせのびをしました。すると、からだがうきだして、ひとりでにまいあがりました。ひなは、そのままひろい空へとんででて、だんだん遠くなっていく鳥のあとをおいかけました。

りすは、まもなく森の中からもどってきました。すると、ひながみえません。りすは、あわてたようにして、やぶのまわりをくるくるとまわってみました。そのへんの、木のえだえだをのぞいてみました。みえません。

「どこへいったのか。」

りすは、なんども、きょろきょろ目をしてさがしてみました。さがしあぐんで、やぶのところにちょこんとしゃがんで待っていました。そのうちに、夕日は森のかげにしずんで、風がさやさやと草の葉にふきだしました。

ひなは、もどってきませんでした。

日はとっぷりとくれました。それでも、りすは、やぶのそとにひとりしゃがんで待っていました。しょんぼりと小さなりすの黒いすがたがみえました。そうするうちに、山のきわが明るくなって、月が空にのぼってきました。けれども、ひなは、そのすにもどってきませんでした。

とうとう、りすは夜どおしおきて待っていました。月の光はだんだんに空からうすれて、東の空がしずかにしらみかけました。夜が青くあけてきました。けれども、りすは、ものもたべずにしくしくとないていました。すると、そこに、一わのからすがとんできて、小首をまげてききました。

「りすさん、なにをないているの。」

「わたしのかわいいカッコウが、どこかへみえなくなりました。」

「あ、あれは、空へのぼっていきました。」

「まあ、空へ。もうもどってはきませんか。」

なみだをすすりあげながら、りすは、からすにききました。

「山のさくらがさいたなら、たぶん、もどってきましょうよ。」

からすは、こたえていいました。そして、やさしくなぐさめて、どこかへとんでいきました。

夏もくれていきました。秋がきました。夜が長くなりました。りすは、毎晩《まいばん》カッコウのゆめをみました。そうするうちに秋もくれ、さむい冬が、やってきました。そして、冬もすぎてしまうと谷まの雪がとけだして、木のめがふいて春がきました。まもなく、さくらがさきだしました。

さくらがさくと、りすは毎日やぶをでて、空をながめて待っていました。りすは、いつか、からすからきいたことばをわすれずに思いつづけてくらしてきたのでありました。

「山のさくらがさいたから、きっと、もどってくるだろう。」

そうかんがえて、朝は、まだくらいうちから目をさますのでありました。みていると、東の空はしだいに赤くそまってきました。りすは、じぶんで気をはげまして、やぶの中と、そのまわりとをかたづけました。きょうこそは、きっとかえってくるであろうと、みねの空をながめていました。けれども、ひなのカッコウは、ひるになってもみえません。日は、そのうちに西にまわって、まもなく山にかくれてしまい、そこらがくらくなるといっしょに星がまたたきだしました。それでも、りすは、ただひとり、だまって空をみていました。

こうして、毎日、ひとつところをながめているのでありましたが、待たれるひなのカッコウは、みねの空から、すがたをあらわしませんでした。

山のさくらは、そうするうちにちりかけました。一日、雨がふりつづいて、花の色はさびれてきました。そして、ひと晩《ばん》、風がふいて、雪のような白いさくらは山にみえなくなりました。

朝になって、やぶのりすは目がさめて、

「ああ、花もちってしまった。」

と、かなしそうにつぶやきました。りすは、ふかいためいきをして、ぼんやりと、みねの空をみていましたが、花がちってしまっても、まだ、あきらめがつきません。

「鳥になって、さがしたら、あのカッコウがみつかるだろう。」
とかんがえて、
「ああ、鳥になりたい。」
と、あけても、くれても、そのことばかりねがっていました。りすの二つの目の玉は、だんだんにくぼんできました。足も、しりおも、しだいにほそくなりました。とうとう、夏のある朝に、りすは、小さな一わの鳥になりました。

りすは、すぐにやぶからとんでいきました。夏の山は、いちめんに青葉がしげり、太陽の光をうけて、きらきらとひかっていました。

カッコウ、カッコウ……

まもなく、山から、そう鳴く声がきこえてきました。それは、だれかをよぶような、さびしい声でありました。

カッコウ、カッコウ……

声は、しずかな山いっぱいにひろがりました。ひろがっては、一つ一つ谷まのそこにきえました。山のふもとの人たちは、そう鳴く声をききつけて、いつからともなく、その鳥を、よぶこどり（呼子鳥）と名づけるようになりました。

かっぱと平九郎《へいくろう》

一

六百年も昔のこと、奥州《おうしゅう》（今の奥羽《おうう》地方）に、堀平九郎《ほりへいくろう》とよばれる男がありました。竹《たけ》田小太郎友長《だこたろうともなが》という殿様《とのさま》にお仕《つか》え申して、かげひなたなく、つとめていました。

もう、夏らしい太陽が、まぶしい光をなげる時分で、百姓共《ひゃくしょう》が、田の草取りにいそがしそうにしている日、殿様《とのさま》の館《やかた》の居間《いま》で、

「平九郎《へいくろう》、近うまいれ。」

と、友長《ともなが》の声がしました。

「ははっ、ごめんくだされまし。」

「ことしは、別して、田植えのあとの稲株《いなかぶ》が、よくのびているとのことだが、たしかに、

さようか。」

「ははあ、おおせの通りでござりまする。」

「あの、はす沼《ぬま》のあたり、日でりにあうと、田がわれ出して百姓共《ひゃくしょう》は、なんぎをする。そういうことのないように、ことしは、用意ができていような。」

「ははあ、ことしは、水をよけいにたくわえたいとて、沼《ぬま》をほりさげ、おし広げ、水は、ただ今、沼《ぬま》いっぱいにござりまする。それがため、沼《ぬま》のぬしは、安心いたしているように、百姓共《ひゃくしょう》が申しました。」

「なんじゃと、沼《ぬま》のぬしと。」

「ははあ。」

「あの、はす沼《ぬま》も、沼《ぬま》べりの田も、田に出てはたらく百姓共《ひゃくしょう》も、わしがおさめているものじゃ。それなのに、沼《ぬま》のぬしとは、がてんがいかぬ。どういうことじゃ。」

「ははっ、おそれいりました。沼《ぬま》のぬしとは、ほかならぬかっぱめでござりまする。」

「なんじゃ、かっぱと、うっふふ、そうか。さようなものが、世にいるものと、百姓共《ひゃくしょう》は、思っているかのう。」

殿様《とのさま》の小太郎友長《こたろうともなが》が、にっこりしながら、そういうと、堀平九郎《ほりへいくろう》は、まじめくさって、友長《ともなが》の顔にその目をむけました。

「殿《との》は、かっぱをおわらいなさるが、かっぱは、この世の中におりまする。」

「なに、いると。」

「おりまする。見まわりの役目のこととて、あの沼《ぬま》のほとりを歩いておりました。ちょうど、むし暑い日でございました。なんの気もなく通りかかると、くくう、くくうと、いびきの声がきこえまする。はて、おかしいな――歩みをとめて、その方へ目をやりました。するど、青い、はすの葉のかげにかくれて、ちょっぽりと、あたまのような、おかしなものが見えまする。その大きさは、人間のひざぐらいかと思われました。かみの毛が、いくらか生えているものらしく、顔つきは、うつむきかげんで、よく見えませんでしたけれど、首根のあたりが、一段と、うす青白く見えました。ひとつ、びっくりさせてやろうか。いや、まて、いっそ、ぬき打ちにいたしてくれんと、ぬき足に近よりまして、えい、やっと、切りつけました。」

「ほう、手ごたえは。」

「たしかに、たしかにござりました。刀には、血のあとが、くっつきました。もっとも、それは、うっすらとして、犬、猫《ねこ》などの血の色とは、大分ちがっておりました。すでに、その時、かっぱのすがたは、きえてしまって、あるものは、はすの葉だけでござりました。その葉は、四、五枚、もののみごとに切れていまして……」

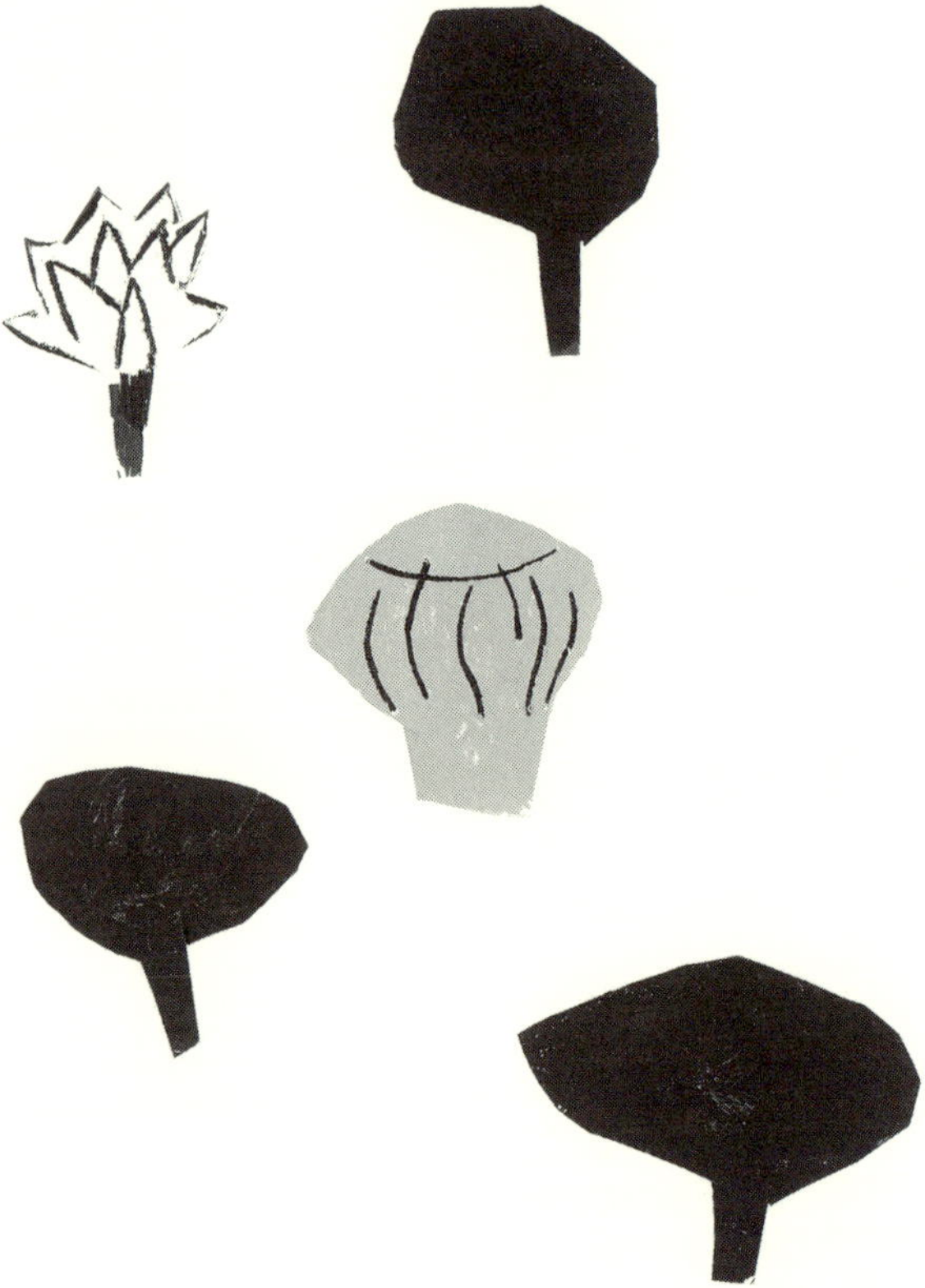

「どこを、かっぱは、切られたのか。」

「さあ、それは。たしかなことは、わかりませんが、頭のへんかと、心得まする。」

「かっぱは、声をあげたかな。」

「いいえ、なんとも——うんとも、すんとも申しませぬ。何しろ、かっぱは、ぐっすりとねむっていたのでござりまする。目がさめるひまもなければ、おどろくひまとてござりませぬ。それにしても、いっ時の間に、どこに消えたか、かくれたか、見とどけようといたしましたが、見えませぬ。そうするうちに、この顔に、しゅしゅっと、水がはねかかり、とたんに、ぱしゃんと、音がしました。何ものか、沼《ぬま》に入ったことがたしかで、沼《ぬま》のおもてに、波の輪が大きくゆれて見えました。」

「そうまで聞けば、まことのように思われる。して、それは、いつのことかな。」

「去年のちょうど今時分、四時すぎ頃《ごろ》の明るい日ざしが、沼《ぬま》のおもてに、さしていたのでござりまする。」

平九郎《へいくろう》は、言葉を切って、

——月日のたつのは、早いもの、あれから一年、かっぱは、その後どうしているか。いたでをおって、死んだことかもわからない。死ねば、死がいが浮《う》きそうなもの、まだ、誰《だれ》も、それを見たとは聞かないが、してみれば、生きているかな。なんにせよ、おかしなことであったわい……

と、ひとり、自分で思いました。はす沼《ぬま》は、その館《やかた》から西にあたって、十二、三キロはなれた所にありました。

二

殿様《とのさま》のそばをさがって、平九郎《へいくろう》は、午後の五時ごろ、館《やかた》に近い自分の家にかえって来ました。日の暮《く》れるのにおそい時分でありました。はかまを取って、縁側《えんがわ》の所に立って、きょうは、これから、庭の草でも取ろうかな、百姓《ひゃくしょう》共は、今時を、汗《あせ》をたらしてかせいでいる。さむらいの身分であっても、ひまな時間をうかうかと過《す》ごしているのは、もったいない――そんなふうに考えながら、着物を着かえに、部屋に入っていきました。


すると、外から呼《よ》びかける声がしました。

「平九郎《へいくろう》、平九郎《へいくろう》。」

「誰《だれ》じゃ。」

すぐに出てきて、縁《えん》の上から、庭を見ました。誰《だれ》もいません。ふしぎなことに思われました。

「呼《よ》びずてに、たしかに呼《よ》んだぞ。」

「ここだ、ここだ。」

そういう声が、庭のすみから聞こえてきました。庭さきに、八つ手のしげみがありました。根元のあたりが、ひる間中でも、うすぐらく見えるくらいでありましたが、その根のきわに、ちょこなんと、おかしな者がしゃがんでいました。

「おや、かっぱめが。」

平九郎《へいくろう》は、じっと目をこらして見ました。

「平九郎《へいくろう》、耳の穴《あな》ほじって聞けや。ふいを打たれて、きさまのために、思わぬ傷《きず》をこうむって、これ、この通りに、傷《きず》はなおって、いのち拾いはしたものの、つらに見にくい傷《きず》のあと、うらみは、つきることがない、うらみを晴らしてやろうものと、傷《きず》のなおりを待つうちに、一年たった。今日《きょう》は、明日《あす》はと思いながら、また五、六日すごしたところ、今日《きょう》は、やかたで、かっぱを切った自まん話をいたしたとか、ひとのねているすきをねらって切りつけた卑怯《ひきょう》なやりかた、それをはじとも考えないで、ふいちょうするとは、けしからぬ。きさまが、強いか、おれが、よわいか、さあ、尋常《じんじょう》に勝負をいたせ。」

平九郎《へいくろう》は、だまって聞いていましたが、からからと高く笑って言いました。

「ようこそおいでのかっぱの助、お前を切ってやったことには、何もうらみがあるじゃない。むろん、自まんのたねにしようためでもない。ただ、面白《おもしろ》いことに思ってやったまで。さぞ、いたかったことだろう。傷《きず》がなおって、今、あだ討《う》ちにやって来たとは、ごくろうな。切るか、切られるか。討《う》つか、討《う》たれるか。刀は、あるか。また、助だちの者共は。」

「なめるな、平九郎《へいくろう》。卑怯《ひきょう》みれんなふるまいは、かっぱといえども、やらぬもの。助だちなんぞあるもんか。ただ、おれが、武運つたなく負けたなら、死がいは運んでかえるように、手下の者を七、八匹《ぴき》、それ、その池に待たせてある。」

平九郎《へいくろう》は、目をやりました。広くもない屋敷《やしき》のなかの庭さきに、一つの池がありました。見ると、いかにも、へんな手が、十五、六本、ずらりと並んで、池のふちをつかんでいました。頭をわざと低くかがめているものか、うす黒い手だけが見えて、ほかは、なんにも見えません。

「さようか、なるほど、しからば、支度《したく》をして出るぞ。」

平九郎《へいくろう》は、さっそくに、ももだちの姿《すがた》となって、向こう鉢巻《はちま》き、足袋《たび》はだし、たすきをかけて、一人で庭におり立ちました。すらりと、刀をひきぬきました。

それを見つけて、まず、うち中の者共が、びっくりしました。

「あれあれ、大へん。」

「どうしたことか。」

「何をなさるか。」

「気が、ちがったか。」

そう、口々に言いました。

「何もおどろくことはない。ただ今、これより、この庭で、かっぱと、真剣《しんけん》勝負をいたす。目の玉こすって見物いたせ。わしから、何か言うまでは、決して、そばによってはならぬ。よいか、しっかと申しつけたぞ。」

そう、言って、家の主人平九郎《へいくろう》は、身がまえしながら、えい、やっと、長い刀をつき出しました。

じりり、じりりと、つめ寄《よ》るありさま、刀をふっと振《ふ》りおろしては、なおるかまえ、右によっては、うかがうかたち、相手の刃物《はもの》を受けるかっこう、じっと相手に目をすえて、いっ時のゆるみも、ゆだんも、一分《いちぶ》のすきも見せません。

見ている者は、いまさらに、あっけにとられて、顔と顔とを見合わせないではいられません。

「どうも、ふしぎなことである。」

「何かが、いるにちがいない。」

「かっぱというが、この目には、なんにも見えない。」

「かげも見えない。」

「形がなくては、かげもあるまい。しかし、今、この庭さきにいるのなら、足あとぐらいは、つきそうなもの、それもないとは、なんとも、おかしいことである。」

そう、人たちは、つぶやいて、てんでに、首をまげ合いました。

三

けれども、かっぱは、たしかに、庭にやって来て、ここの主人と、今や、しのぎをけずっているのでありました。かっぱの持っているものは、刀ではなく、槍《やり》でもなく、また、なぎなたでもありません。

それでは何か。

その手に持っているものは、一メートルはありそうな、一つの棒《ぼう》でありました。棒《ぼう》といっても、かしの棒《ぼう》ではありません。何かのひょうしに、べっこうかゴムかのように、棒《ぼう》はしなってみえました。そうかとおもうと、はがねの棒《ぼう》かとみえるまで、しっかと固く、まっ直《す》ぐな棒《ぼう》のかたちとなりました。そうして、棒《ぼう》のとっ先に、するどいかまが付いていました。もし、それに、鼻の先でもひっかけられたら、一ぺんに、鼻のあたまは、そぎおとされてしまうでしょう。それから、棒《ぼう》には、どこかにか、小さな穴《あな》があるらしく、棒《ぼう》に刀が、はっしとあたると、そのたびに、棒《ぼう》から、さっと、こまかな粉が煙《けむり》のように飛びたって、目にとびこめば、ひりひりしみて、なみだをたらたらながさせました。目から、なみだを度々《たびたび》だしては、平九郎《へいくろう》、なん度も顔をしかめましたが、ほおのなみだをふくひまなどはありません。ちょっとでも、ほかに気をうつそうものなら、つけ込《こ》んで、かっぱは、棒《ぼう》をふってくる。棒《ぼう》は、時々、ぶるんぶるんとうなりをたてて、輪のように、目さきをくるくるまってくる。それを見事に切ってやろうと、平九郎《へいくろう》、すばやく刀をあてました。けれども、するっと横にすべって、棒《ぼう》は、刀を受けつけません。

「何を小しゃくな。」

いきおいこめて、切り込《こ》むたち先、こんどこそ、棒《ぼう》は二つに切れました。か、かっぱの頭がわれましたか、いえいえ、棒《ぼう》は、かちんと音を飛ばしたばかり、火花をぱっと散らしたばかり……

「ええ、まだ、力が足らぬか。」

と、りきみ返って平九郎《へいくろう》、一生けんめい、すきをねらって、打ち込《こ》みましたが、かっぱの棒《ぼう》に受けとめられて、どこにも刃先《はさき》が立ちません。かっぱのからだは、その丈《たけ》が、ちょうど、奇妙《きみょう》な棒《ぼう》の長さとおんなじくらいに見えましたが、かっぱが、ふしぎか、棒《ぼう》が、ふしぎか、かっぱが、さっと、その棒《ぼう》を、たてにささえて、二つの足をそろえると、かっぱのからだは、たちまちに、棒《ぼう》の太さとおんなじほどにちぢまって、ぴったりと棒《ぼう》にかくれて、見えません。

「変化をつかうか、卑怯《ひきょう》もの。」

いまいましいな、と思っても、相手は、なにしろ、かっぱのことでありました。文句《もんく》をつけてもはじまりません。

平九郎《へいくろう》、気ばかりあせって、汗《あせ》だくだくになってきました。なん度打っても、ちっとも、ききめがありませんから、棒《ぼう》を打つのをやめにしました。そうかといって、ただ立って、見ているわけにはいきません。

「どうしてくれよう、このかっぱ。」

心の中で、そう思うと、かっぱは、それをさとったように、

「どうでも、思う存分《ぞんぶん》に。」

そういって、からかうように見えました。

「刀と棒《ぼう》とのたたかいが、五分《ごぶ》と五分《ごぶ》では、なさけない。」

そう、平九郎《へいくろう》が思うと、すぐに、

「そんなら、どうする。すもうにするか。」

と、かっぱの声がしてきます。

「そうか、すもうで決めようか。」

　それでもよいな。かっぱに、力が、どれだけあるのか知らないが、自分も、力は、そうとうある。まさか、かっぱに組みふせられることもあるまい。よし、やろう。すもうで、いこう。

　刀をからりと投げすてて、

「さあ、来い、きたれ。」

と、平九郎《へいくろう》、すもうのかまえになりました。見ている家の者共は、いよいよあきれた顔をして、てんでに、ささやき合いました。

「やっぱり、これは、気がへんじゃ。」

「これは、こうしておかれない。」

「お医者を呼んで、相談しよう。」

「だまし、すかして、うちに入れよう。」

　そこで、まず、家の老人、平九郎《へいくろう》の母《かあ》さんが、そばに、ちょこちょこよってきました。

「これ、平九郎《へいくろう》、お母《かあ》さんだよ。」

「おどきください、お母《かあ》さん、大丈夫《だいじょうぶ》、おどきください。かっぱに負けはしませんぞ。おさがりください。」

あわてたように、そう言いました。かっぱと、すもうを取るというので、もう心ぱいして、母《かあ》さんが、のこのこ出て来て、かせいをしようとするのであろう、いくつになっても親の心は、そうあるもの、ありがたいことではあるが、七十さきのばあさんが出てきてみたとて、どうしよう——

そう、平九郎《へいくろう》は、おもいました。

「えい、やっ。」

と、立ちあがりました。

しばし、たがいに、もみ合う様子、老人の母《かあ》さんは、おどろきあきれてつき飛ばされては大へんと、急いで逃《に》げて、縁側《えんがわ》ばたに腰《こし》をおろして、どうなることかと、はらはらしながら目をじっと向けていました。見ているほかの人々も、みな、そのとおりでありました。すもう手つきも、足つきも、右に、左に、からだをひねって、外がけにあびせたおしてやろうとするさま、内がけにいこうとするさま、じりじりとおされて、あとにさがるさま、じっとこらえて、うっちゃりをやろうとするさま、あの手、この手と、とるあり様は、まねをしている様子とは、まったくちがって見えました。誰《だれ》か、相手がいなくては、そういうふうに、とれるものではありません。

「どうも、おかしい。」

「たしかに、誰《だれ》かと取っ組んで……。」

「あれあれ、こんどは、はなれたぞ。」

「おや、また組んだぞ。」

しっかと組んだかっこうで、息をはあはあつきながら、かた手をさげて、平九郎《へいくろう》、相手のしかけを待っているかと見えました。顔は、まっ赤で、目は血ばしって、ありたけの力を出していることは、誰《だれ》にも、ちゃんと見えました。かっぱは、かっぱで、せい一ぱいに取っています。ふんばる時には、二本の足の水かきが、はりさけそうな気持ちがしました。

「なかなか強い。ゆだんは出来ぬ。」

かっぱは、目玉をきょろきょろさせて、取っ組みながら、ふと、庭さきの池の所に目をやりました。すると、仲間のかっぱの顔が、七つか八つ、心ぱいそうに、池のふちから、のぞいているのが見えました。その顔つきは、どれも皆《みな》、

「勝負は、五分五分《ごぶごぶ》、ひき分け、ひき分け。」

そう言って、うなずくように見えました。

「そんなら、これまで。平九郎《へいくろう》。勝負は五分《ごぶ》としておこう。これで、うらみもなしとする。

それにつけても、あのはす沼《ぬま》で、かっぱのひるねを見つけても、知らないふりをしておくれ。それだけ、おねがいしておくぞ。」

言ったと思うと、かっぱの姿《すがた》は、池のかっぱの仲間と一しょに、かき消すように、見えなくなってしまいました。

ひとつのねがい

　ある町はずれに、一本のがい灯《とう》が立っていました。そこは、あまり、人どおりのない、こうじのかどでありました。

　夏がくると、草がしげって、がい灯《とう》のすねをかくしてしまいました。青あおとしている草にすねをかくして立っていると、がい灯《とう》は、足を地べたにしっかりとつけているかとみえました。けれども、それは、じっさいとは、たいへんにちがっていました。がい灯《とう》は、毎晩《まいばん》のように、心のなかでおもいました。

「もう、おれの一本足も、よぼよぼである。こん夜にも、風が、ひとあれあれだしたら、もうなにもかも、おしまいさ。」

　がい灯《とう》が、もし、人間のような手を一本だけでも持っていたなら、こしのあたりをなでてみて、いつのまにか、すっかりやせてしまっているじぶんのからだに、びっくりしたかもしれません。けれども、手のないがい灯《とう》は、ただ立ったまま、心におもいつづけました。

「だが、しかたがない。年をとって、たおれることは、この、おれひとりだけじゃない。みんな、そうなんだ。二本足の人間だって、きっと、それにちがいない。」

がい灯《とう》は、そうひとりごとして、そう思うのが、おとこらしいあきらめなのだと、きめておこうとかんがえました。それでしたのに、かんたんにあきらめようとすればするほど、つよくなるひとつのねがいがありました。そのようなねがいが、ひとつあるばっかりに、がい灯《とう》は、すこしつよい風がふいても、ぐらつくこしをぐっとささえてりきんでいました。

そうして、足にしっかとちからをいれながら、きっと、こう、つぶやきました。

「だが、まてよ。まもなく、おれは、たおれてしまう。それは、どうにもしかたがない。しかたがないが、さて、おれは、どうだろうかな。まだ、みえないかな、星のように。」

星のように――がい灯《とう》の、たったひとつのねがいというのは、一生に、たった一どだけでいい、星のようなあかりくらいになってみたい、ということなのでありました。そのようなねがいをだいて、がい灯《とう》は、ひとつところに、なん年か立ってきたのでありました。

けれども、じょうだんはんぶんにも、

「やあ、星のようだ。」

などと、おせじをいって通った人間は、これまでひとりもいませんでした。そのがい灯《とう》はランプでしたから、光は、ぼんやりしていました。そうして、いつも、うすぐらい、さびしいばしょに、たった一本、立たされているのでしたから、だれからも、そういってもらえるはずはありません。いえ、それどころか、ほんのちょっとの、あいさつさえも、いわれたためしがありません。

「ああ、だれか、ひとことぐらいは……おれだって、とにかく、こうして道をてらしているんだからなあ。ずいぶんと長いあいだ……たまには、だれか、ひとりぐらいは――あかるいやつだなあ……なあに、やつといってもかまわない。そういってくれたらなあ。そうして、おれを、じっとみて――こいつは、まるで、星みたい……。」

こんなふうにおもいつづけて、がい灯《とう》はうれしくなって、つい、にっこりとわらうことがありました。けれどもすぐに、そのような、かんがえごとのばかばかしさに気がつくと、もう、はずかしくてたまりません。首をすくめて、あわててそこらを見まわして、だれも見てはいなかったか、だれもきいてはいなかったかと、あたりをきょろきょろさぐり見するのでありました。

こうしているまに、ことしの夏もくれてきました。こしのあたりを深くうずめていた草は、はしのほうから色づいて、しだいに黄いろくかれてきました。それといっしょに、がい灯《とう》のかおのまわりによってきて、うるさく羽をならしていた、がや、かげろうや、こがねむしなど、だんだんにへっていきました。こうして、秋もおわりに近くなりました。がい灯《とう》のランプの光は、いよいよさびしく、みすぼらしくさえみえてきました。

ある晩《ばん》がたでありました。雲がさわいで、空のようすが、かわってきそうにみえました。

がい灯《とう》は、それを心にかけながら、力のない目をときどき空にむけていました。すると、まもなく、そのかおさきにとんできて、こつんとガラスにあたったものがありました。みると、それは羽の青いこがねむしでありました。こがねむしは、ぶうぶうと、うなりながらめぐりました。

「こがねむしさん、こがねむしさん。」

よびかけられて、その虫は、がい灯《とう》のあごのあたりにつかまりました。そそっかしく、たたんだ羽のあいだから、たまねぎの皮のような、うすい羽が、わずかばかり、はみでていました。

「なんの用かね。」

「どうでしょうかな。わしの光は、あの星みたいにみえないかしら。」

「なにを、ばかな。」

と、こがねむしは、おもいました。こたえもしないで羽をひろげて、また、ぶうぶうと、とびめぐりました。

「ふふん、さむくなってきたせいか、このがい灯《とう》も、どうかしている。」

そう、つぶやいて、その虫は、きゅうに、なにかを思いだしたかのように、そこからとんでいきました。

だれかが、やってこないかと、がい灯《とう》は待っていました。すると、こんどは、一ぴきの白い、ががとんできました。がは、なんにもいわないで、がい灯《とう》のひたいのあたりを、ひらひらとまいまわりました。

「なんというさびしい火だろう。このガラスの中のようすは、あきやのようだな。」

白い、がは、そう、はらの中でおもいました。

「もしもし、がさん。」

がは、ききつけて、とまりました。

「どうでしょうかな、あの星みたいにみえませんかね。」

「なにがかい。」

「いや、このわしさ。わしのあかりさ。」

きくが早いか、がは、まるで、おこったように羽をぶるぶるふるわせながら、こたえました。

「へん、みえるもんか。そんな光が。」

そういわれると、がい灯《とう》は、いっときに、つきおとされたような気がして、そのまま、だまってしまいました。

「こんな、ちっぽけな虫の目にさえ星のようにみえないなら、もう、だれだって、そう見てくれはしないのだ。」

そう、がい灯《とう》は思いました。目には、なみだが、わいてきました。だが、そのときに、なみだといっしょに、しずかな気もちがでてきました。

がい灯《とう》は、つぶやきました。

「もうもう、これでかまわない。星のようにみえなくたっても、おれは、ただ、だまってひかっておればよい。それが、おれのつとめなのだ。このままで、この一生がおわってしまう。それでよい。おれのやくめは、それでよい。」

そう、きっぱりとじぶんにいって、じぶんでじぶんをなぐさめながら、がい灯《とう》は、そこらをみました。さっきの、がが、まだ、がい灯《とう》のまゆのあたりにとまっていました。

「つい、いましがた、この小さい、がに話をしかけて、はずかしい思いをしたが、もうもう、なにもたずねまい。」

がい灯《とう》は、気をひきしめて、あたまを、しっかと、もちあげました。それといっしょに、がい灯《とう》のくらい光が、さっと明るくなったようにおもわれました。そこらここらは、とっぷりとくれてしまって、空のようすは、いっそう暗くなっていました。風がざわざわと木の枝をならしてきました。そうしてくらい雲のきれまに、星だけがぴかぴかと光っていました。

「きっと、あらしになるんだぞ。」

と、がい灯《とう》は思いました。ランプの光は、もういちど、さっと、明るくひろがるようにみえました。ちょうど、そのとき、おもいがけない足音がして、だれかが来ました。ふたりのようであります。道をまがって、おとうさんらしい男と、年のころ、十ぐらいの男の子とがあらわれました。ふたりとも、そまつな身なりをしていましたが、からだは、どちらも、じょうぶそうにみえました。がい灯《とう》のそばまでくると、

「おとうさん。」

と、男の子が、よびかけました。

「ここんとこ、あかるいね。」

「ああ、これがなくっちゃあるけない。こんな晩《ばん》には、わけても、そうさ。」

ふと、男の子は、まっくらな雲のきれまに、星をみつけていいました。

「あの星よりも、あかるいなあ。」

そういう声をききつけて、がい灯《とう》は、おもわず、がたんとゆれました。じぶんで、それにおどろくとたんに、風が、はげしく、ふきつけたのでありました。けれども、いっとき、

その風にぐっとこらえて、がい灯《とう》は、われをわすれてさけびました。

「かなった。かなった。おれのねがいが。」

その夜、はげしく、秋のあらしは、ふきあれました。雨も、ざあざあ、ふりつけました。

あくる朝、あらしはやんで、よわよわしい日がさしていました。そして、こうじのまがるところに、がい灯《とう》は、根もとからたおれていました。

「おや、ここにも、がい灯《とう》がたおれている。」

と、道をとおる人たちは、ただ、そう思って、がい灯《とう》をまたいですぎていきました。


（旧題＝「たった一つの望み」）

砂山の松

花びらのような小さな、たねぶくろ——そんなふくろが、あるかしら。ありました。神さまが、ちゃんとそれを持っていました。神さまのふところをのぞいてみたら、それが、たくさんありました。

ある日、神さまは、そのふところから、二つのふくろをとりだして、右手のひらにのせました。

「いいか、これから、とばしてやるぞ。さきのふくろの小さなたねは、人になれ。あとのふくろの小さなたねは、鳥になれ。」

二つのふくろを、神さまは、じっと、ごらんになりました。

「どんなことにであうとも、けっして、ひとをうらむなよ。けっして、じぶんをすてるなよ。それから、もう一つ、どんなものでも、じぶんのものとなったら、たった一つは、あとにのこしておくがよい。さあ、それじゃ、さようなら。」

そちらとこちらと、二つのふくろは空にむかってなげられました。風が空をはしっていました。二つのふくろが、はなればなれにとんでいくのを、神さまは、だまって、しばらく見ていました。ふくろは風にはこばれて、だんだんに小さく、とおく、とんでいき、やがて、みえなくなりました。

一つのふくろは、どうなりましたか。あとの一つは、ある海ばたの砂山《すなやま》ちかくにおちました。そして砂《すな》にうずまって、ながいあいだ、たねのままでありました。けれども、ある日、それがうごいて、ふくらんで、一わの鳥となりました。それは、いすかでありました。いすかは、じぶんのくちばしが、くいちがってついているのを見たときは、たいへんにがっかりしました。

「こんな、おかしなくちばしで、いったい、なにをたべようか。」

けれども、いすかは、「けっして、ひとをうらむなよ。けっして、じぶんをすてるなよ。」と、いわれたことばを、いちどもわすれませんでした。まもなく、いすかは、くちばしが、まつかさの実をたべるのに、ぐあいよく役だつことを知りました。その砂山《すなやま》から、そうとおくないはまばたに、松の林がありました。いすかは松の実をたべながら、その松林にすんでいました。林には、いつも、しずかな、ひるの光が、さしていて、松の小枝《こえだ》のすずしいかげが、おちていました。そして青い海のおきには、白い帆《ほ》が、いくつか、うかんで見えました。

なん年か、たちました。

ある日、その松林に、ひとりの男がやってきました。男は大きなのこぎりをもっていました。男は林に木をきりにやってきたのでありました。まもなく、松のふとい木をひきける音がきこえてきました。そのうちに、ふと、めりめりと音がして一本の木がたおされました。いすかは、それをききつけましたが、べつだんに気にもとめずにとんでいましたけれども、つぎの日になって、たいへんにおどろきました。あわてました。

「ああ、この林の松は切られてしまうのだ。」

つぎの日に、きこりは、ふたりになりました。もう、なん本かの松の木は、切られて、よこになりました。そのつぎの日は、きこりが三人やってきました。木をひく音は、かさなりあって、きのうよりも、もっとにぎやかになりました。いすかにとって、このことは、たとえようもないような不幸なことでありました。いすかは、これまで林をはなれて、どこかへとんでいこうなどとは、ただのいちども思ったことはありません。それなのに、松が切られてしまうなら、いやおうなしにとびたって、べつな所を見つけなければなりません。

だんだんきられて、松の木は、もうなん本か、たおれてよこになりました。きられ、きられて、もう四、五本になりました。手つだいのきこりどもは、きのうかぎりで、きょうは、きません。その日になって、さきの日のひとりの男は気がつきました――きろうとしている松の木に、一わの鳥がいることを。一わの鳥がなきながら、枝《えだ》から枝《えだ》になんべんもみじかくとんでいることを。

「おや、いすかだな。」

男は、ちょっと、しごとをやすめて、下から、いすかのようすを見ました。

「べつだんに、巣も見えないが。」

しかし、男は、いすかの鳥は、松の林のまつかさをこのんでたべていることを、ふだんから知っていました。

「林の鳥にちがいない。木がなくなってしまうので、あわてているのにちがいない。」

男は、そこで、いまさらに、じぶんのくらしがまずしくなって、いまは、林の松の木を売りはらおうとしているじぶんのおちめをふかくかなしみながら、それといっしょに、そのために、すみかをおわれてしまわなければならないいすかを、ふびんなものに思いました。

「でも、いすか。これも、しかたがないのだよ。」

すまない気もちになりながら、ちょっとのあいだ、いすかのうごきを見ていました。見ているうちに、やさしい気もちが、むねのおくからでてきました。

「そうか、この木の一本だけでも、しばらく、たてておいてやろう。きょう、きらなくても、いつでも、あとで切ればよい。」

一つのふくろのたねからは、人が、でたのでありました。その人が、いつか大きくなっていました。松の林の持ちぬしが、その人間でありました。

一本だけ松の木は、のこされました。四、五本のこっているうちのいちばん太い木でありました。まつかさが、その木の枝《えだ》にたくさんついていました。

いすかは、どんなにうれしかったかしれません。

「たった一つは、あとにのこしておくがよい。」

あの神さまのおことばをありがたいことに思って、いすかは、いつも、その松の木をじぶんの木にしてすんでいました。そのうちに、いすかも年をとりました。目のふちに白い毛がふえてきました。鳥のしらがでありましょう。

ある日、いすかは松の木から、そう遠くはない小山にとんでいきました。それは、たねでいたころに、ころげて砂《すな》の中にいた、その砂山《すなやま》でありました。いすかは、その日、くちばしに、この世で、さいごのまつかさをくわえていました。いすかは、ひとりで、心しずかに、まつかさの実をとりだしてたべました。一つ一つたべてから、たった一つを小山の上の砂《すな》にうずめて死にました。

また、十なん年か、たちました。

一わ、二わ、三ばのつばめが、ある春のあらしの朝に、海づたいの岩の上にとまっていました。三ばのようすは、見たところでは、生まれてはじめて、その岩にとまったようでありました。いかにも、それは南洋のとおい島からはるばると海の上をとんできて、いまやっと、日本の一つの島についたばかりのつばめどもでありました。三ばとも、じぶんの足が岩の上にのったとき、はじめて、ほっと、おちつくことができました。羽はしぜんにたたまれました。けれども、羽は、ぐっしょりとぬれていました。つばめどもは、ささやきました。

「よわってしまうな、岩の上では。」

「どこか、やすむところはないかな。」

「風は、まだ、ふく。まだ、雨が、ふる。」

つめたい海は岩の下にあれていました。岩にあたって、波は、しぶきをあげていました。日本の空はくもって、遠くのほうまで雨雲がつづいていました。

ふと、そのときに、一わのつばめが、ちいちい、ないていました。

「ある、ある。あそこへとんでいこう。」

松の木が、たった一本、砂山《すなやま》の高いところに立っているのが見つかったのでありました。

アラスカの母《かあ》さん

世界地図をひろげなさると、どなたの目にもわかりましょう。北の方のアラスカは、さむい所であることを。

エスキモー人は、むかしから、そこに住居《じゅうきょ》をしていました。

ある年、そこの片田舎《かたいなか》に、小さな、けれどあたらしい天幕《テント》のような住居《じゅうきょ》が一つできました。そこに一人のアメリカ人が住んでいました。牧師《ぼくし》さんで、また学者でもありました。

ニューヨークからそこまでは、なん千哩《マイル》のとおい距離《きょり》でありましたが、その土地の研究のため、且《か》つては教えを説くために出かけてきたのでありました。

牧師《ぼくし》さんは、心から、しんせつな人でしたから、そこに来て、いく日もたたないうちに、エスキモーの人たちと馴《な》れ合うことができました。しかも、おおくの人たちは、子供《こども》たちが先生に払《はら》うような尊敬《そんけい》さえもはらうようになりました。ですから毎週、日曜日には、お説教をきこうとおもって、人たちは天幕《テント》のなかにやってきました。せまい天幕《テント》のなかでしたから、そんなには入られません。たいていは十四、五人でありました。もちろん、牧師《ぼくし》さんのお話は、英語ではなく、不馴《ふな》れながらも、エスキモー語で話されるのでありました。

みんな、まじめに聞きました。けれど、わけても熱心な若《わか》い女が、そのなかに交ってい ました。身なりは粗末《そまつ》で、それに身重になっていました。けれど、一度も出席を欠かしたことはありません。牧師《ぼくし》さんは、お説教をしていながらも、一番まえに詰《つ》めかけて、じっと話をきいている女の人のまじめさに、いつも心をひかれていました。けれど、結局それだけで、どの辺に住んでいるのか、なんという名まえの人か、それさえも、たしかめようとはしませんでした。一つには、きく必要もなかったからでありましたが、また、一つには、お説教がおわってしまうと、人たちは、さっさとそこを引き上げてしまうからでもありました。

ひと歩《あし》出ると、そとには雪がちらちらと降《ふ》っていました。空も地平も、また海も、雪にまみれて、ただまっ白い銀世界、しかも、いっ旦《たん》、吹雪《ふぶき》になると、三日も四日も、六日も七日も吹《ふ》きあれます。もうそうなると、そとに出る人もめったにありません。目にも鼻にも、こまかな雪がとび込んで、呼吸《こきゅう》をするのも苦しいくらい、一間《けん》さきは、あるのか、ないのか、濛々《もうもう》として、ゆく手が少しも見えません。

ですから、そういう吹《ふ》き荒《あ》れには、だれも、天幕《テント》に来ませんでした。天幕《テント》は風に吹《ふ》きつけられて、雪にふかくも埋《うず》もれました。むしろ、こおって、しっかと支《ささ》えられました。けれど、寒さをふせぐ用意がしてあって、暖炉《だんろ》には、火が、もえどおしに燃《も》えていました。ですから、中はあたたかです。牧師《ぼくし》さんは、日曜日のお祈《いの》りをすましてしまうと、暖炉《だんろ》のちかくに腰《こし》をおろして、本を前にひらきましたが、しばらくは、だまって耳をかしげていました。すこし風はよわってきました。けれど、名におうアラスカの吹雪《ふぶき》のほえ声……

「なんと吹《ふ》くわい――」

牧師《ぼくし》さんは、つぶやきながらおもいました――あの人も、きょうは、さすがに見えないな。熱心な女の人を、そこにおもってみたのでした。そして、それは、その場合、自然なことでありました。

すると、そうおもう間もなく、戸のそとに誰《だれ》か来ました――足おとがして、戸をたたきます。

「誰《だれ》であろう。」と、牧師《ぼくし》さんは立っていって、戸を少し開けてみました。

まっ白に雪にまみれて女の人が立っていました。つい今し方、来ないとおもったその人が。

「ようこそ、さあさあ、おはいりください。」

頭ぐるみにかぶってきた覆《おお》いを取って、女は中に入りました。はいると、すぐに、聖像《せいぞう》に目をつけました。女は胸《むね》に十字を切って、ちょっとのあいだ、黙禱《もくとう》をささげていました。
それからベンチのそばにきて、背《せ》なかの物をそっとおろして膝《ひざ》の上におきました。見ると、
それは、お舟《ふね》のような二尺《しゃく》そこらの木の箱で、赤んぼが入っていました。
おもいがけない赤んぼを見て、牧師《ぼくし》さんは目を止めました。赤んぼは眠《ねむ》っています。蠟《ろう》
のようにきれいです。
「かわいい赤ちゃん……いつお生まれになりました。」
わかい女は、にっこりして牧師《ぼくし》さんの顔を見ました。けれど次には、その目をおとして
静かに話をはじめました。
「この前のちょうど今日《きょう》でございます。お説教をお聞きしまして、かえると間もなく生ま
れましてございます。ですから、今日で、もう八日目でございます。夫は漁師《りょうし》でございま
すが、くらしが貧《まず》しゅうございます。それで、何も、たくわえとてはございません。食物
にいたしましても、焚物《たきもの》にいたしましても、はい、今年《ことし》は流れ木も、ほんの少し拾ったば
かりでございまして、この頃《ごろ》さむさが強いのに、うちの中は火の気もとぼしゅうございま
す。そんなぐあいで夫は悲観をしております。それに先生、この子の名まえをザアスリナ
アと付けましたが……」
「ザアスリナア?」

──ザアスリナアとは、エスキモー語で「二人の一人」という意味なのでありました。

「はい、ですから、うちには、もう一人赤んぼがいるのでございます。」

「それはそれは、お双児《ふたご》で。」

「はいはい、どうも、貧《まず》しいところに二人では、まことに困《こま》ってしまいました。」

女は言葉を途切《とぎ》りました。けれど又《また》、すぐにあとをつづけました。

「一人だけは、どうかして育てることもできましょう。けれど二人は、およびそうもございません。つきましては、どなたさまにか、お願いしまして、と、こう考えまして、あつかましくもまいりました。この子を貰《もら》ってくださるお方がないものでございましょうか。」

「ああ、そうですか……そうですか。」

牧師《ぼくし》さんは、おもいやりの深い様子を顔にうかべていましたが、言葉をやさしく答えました。

「ないどころではありません。けれど、実際申しあげると、今が今ということは困《こま》りましたね。そこで、ええ……と、こうなすっては如何《いかが》でしょう。食物や着物そのほか、そういうものの御不自由なら、失礼ながら、わたくしがお手つだいをいたしましょう。できるだけ、そして、それでも、およばないことでしたなら、その時はまた、御相談にものりましょう。やがて春にもなりましたなら、わたくしは、一度、あちら──ニューヨークまでかえります。その時に、どちらか一人、おもらい申してまいりましょう、あちらには、貰《もら》い手がいくらもおります。字も習わせます。好みの業もおしえます。まあ、この赤ちゃん、なんにも知らずにおよっていますね。ごらんなさい――これが成長しましたなら、どんなに可愛《かわい》いお嬢《じょう》さんになりましょう。たとい、あちらにまいりましても、いつかはこちらにお連れ申してまいりましょう。ええ、そうですとも、わたくしが達者でおります以上は、もう御心配はいりません。」

「まあ、ほんとうに、なんと御礼を申しあげましょうか、申しあげようもございません。」

わかい女は、はらはらと涙《なみだ》をながして、木の箱ぐるみ抱《だ》いている赤児《あかご》をじっと見ていましたが、その目をとじて祈《いの》りました。

「どうぞ神さま、末ながく、この子をお守りくださいまし。」

祈《いの》りおわると、女は立って、赤児《あかご》を背《せ》なかにおいました。

「それでは、先生、ごめんくださいまし。まことに有《あ》り難《がと》うございました。」

「どうしまして……まだ、ごゆっくりなさいまし、あたたかいミルクでもこしらえましょう。そして何なら、お宅《たく》までわたくしもお供《とも》しましょう。」

「いえいえ、おかまいくださいますな。」

女は戸口にまいります。牧師《ぼくし》さんは毛皮の服を手にとって、袖《そで》をとおして、毛皮の靴《くつ》を

はきました。毛皮の帽子《ぼうし》をまぶかにかぶって、毛の手袋《てぶくろ》をはめました。それから、そばの毛布をとって言いました。

「さあ、どうぞ、これもかけていらっしゃい。」

かけてやろうと、牧師《ぼくし》さんは戸口に出ました。すると女が見えません。

トンネルのような氷の戸口をぬけて、心いそぎに出てみましたが、外には吹雪《ふぶき》があれていて、女は、どちらへいったのか、一間《けん》さきが見えません。

「おーい、おーい。」と呼《よ》んでみました。

すると、その時、まっ白な吹雪《ふぶき》のなかから、黒いものが、飛ぶようにあらわれました。いさましい犬、それにつづいて、エスキモー人……

「女の人にあいませんか、たった今。」と、牧師《ぼくし》さんはたずねました。

「いえ、あいませんが、もし、先生ではございませんか。」

「あなたは。」

「申しあげますが、妻《つま》がさきほど亡《な》くなりました。子を生みまして、日立ちがわるくて死にました。遺言《ゆいごん》を、どうぞ、おききくださいまし。」

牧師《ぼくし》さんはおどろきました――夢《ゆめ》ではないか。けれど次の瞬間《しゅんかん》には、胸《むね》に十字を切りました。

そうか、そうか、親の思いは千里《り》もゆく……そんなら、みんなわかりました。ザアスリナアのお母《かあ》さん！　ひき受けましたぞ、ひき受けましたぞ、お二人とも。

牧師《ぼくし》さんの二つの目から、あつい涙《なみだ》が頰《ほお》をつたってながれました。

豆がほしい子ばと

村のはずれに、たいぼくのかしの木がたっていました。ある日、その木に、野はらのほうから、いちわの子ばとが、とんできました。木のそばを川がながれて、いえが、いっけんありました。戸口があって、戸のきわに、わらぞうりが見え、ちょうど、庭には、むしろがしかれて、なまの豆がほされていました。秋も、すえになっていました。けれども、その日は天気がよくて、豆は、半にち、日にてらされて、ふくれたようにみえました。それをひろってたべたなら、どんなにか、おいしいだろうと思われました。子ばとは、それをたべてみたくてなりません。ちょこんと枝《えだ》のさきにとまって、豆つぶを見おろしながらなきました。すると、それをききつけて、いえの中から、むすめさんが、ぞうりをはいて出てきました。

「はと、はと、子ばと、よい天気、豆がほしけりゃ豆まこう。よいこと、きかしてくれないか。」

いいとも、きかしてあげようと、子ばとは、さっそく、なきました。

「ぺろっぽ、ぺろっぽ、どんなこと。」

「そうさね、わたしは、むすめさん、およめにいくのは、いつごろか。」

いつごろだろうと、子ばとは、くびをまげながらかんがえました。わかりません。おやばとの巣から、はなれて、この世の中にとびだしたのは、ことしの春も、おわるじぶんでありました。ひと夏のあいだじゅう、そこらをとんでまわりましたが、まだ、ものごとを、いくらもしってはいませんでした。それでしたから、そう、きかれても、子ばとは、うまくこたえることができません。

けれども、わかいむすめさんは、そんなこととはしりません。

「へんじがないなら、また、こんど。」

そう、いって、豆は、くれずに、おうちの中にひっこみました。子ばとは、あとを見おくって、つまらなそうにしていましたが、やっぱり、豆がたべたくて、くくう、くくうと、ないていました。すると、戸口に、おかあさんが出てきました。

「はと、はと、子ばと、よい天気、豆がほしけりゃ豆まこう。よいこと、きかしてくれないか。」

いいとも、きかしてあげようと、子ばとは、さっそく、なきました。

「ぺろっぽ、ぺろっぽ、どんなこと。」

「そうさね、わたしは、おかあさん、おばあさんには、いつ、なれる。」

おかあさんが、おばあさんになるのは、いつか、と、子ばとは、くびをまげながらかんがえましたが、わかりません。なんといっても、まだわかい子ばとでしたから、おい、それと、こたえることができませんでした。

「へんじがないなら、また、こんど。」

おかあさんも、そういって、豆をくれずに、そそくさと、おうちの中にひっこみました。子ばとは、かなしくなりました。くくう、くくうと、まえよりも高く、せわしく、なきました。すると、こんどは、おばあさんが、こしをまげまげ出てきました。

おばあさんは、目の上に、小手をかざして、木の枝《えだ》のはとを見ながらいいました。

「はと、はと、子ばと、よい天気、豆がほしけりゃ豆まこう。よいこと、きかしてくれないか。」

いいとも、いいとも、こんどこそ、きっと、きかしてあげようと、子ばとは、からだをのりだして、もじもじしながらなきました。

「ぺろっぽ、ぺろっぽ。どんなこと。」

「そうさね、わたしは、おばあさん、いつごろ、あの世のごくらくへ。」

きかれて、子ばとは、こんども、こまってしまいました。小さなくびをまげながら、かんがえましたが、わかりません。わかりそうな気もちがしました。けれども、やっぱり、わかりません。

「三どに、いちどのへんじもなくては、どうしよう。」

おばあさんはそうつぶやいて、庭のあたりをかたづけにとりかかりました。みじかい秋の日はくれかけて、そこらが、だんだんかげってきました。川ばたの野花の赤い、いぬたでは、しずかなかげをつめたい水にうつしていました。おばあさんは、むしろの豆を、ふくろの中にいれました。豆は、そのとき、さらさらと、やさしい音をたてました。豆をふくろにいれてしまうと、おばあさんは、くるくるとむしろをまいて、ものおきごやにいれました。こやの戸口をしめました。おばあさんが、おうちの庭をいったりきたりしているすがたを、子ばとは、だまって、枝の上からながめていました。子ばとの目つきは、どうしても、おいしい豆をたべたくてならないようすにみえました。

すると、子ばとの、その目つき、そのかおつきを、さっきから見ているものがありました。だれでしょうか。

それは、どこかのあるおじいさんでありました。あるおじいさんが、その木のそばをとおりかかって、枝《えだ》の子ばとに、目をむけたのでありました。

川からは、見えないきりがたちのぼりましょう。しめっぽい、こまかなきりに、つばさがぬれて、子ばとは、とぶのに、つばさがおもくなるでしょう。いえいえ、そこらがくらくなるのに、じっとして枝《えだ》にとまっている鳥は、かえるねぐらをもたないのかもしれません。

あわれな、子ばと。野の子ばと。

そこらは、くらくなりました。子ばとの目には、ものが見えなくなってきました。それでしたのに、目さきには、まだ、ぽつぽつと豆つぶが、いくつも、うかんでみえました。目をとじようとも見える豆つぶ、くらがりのなかでもちゃんと見える豆つぶ、きいろい豆つぶ、子ばとののどはひとりでに、くくう、くくうと、のどなりをつづけていました。のどばかりではありません。子ばとのおなかも、さっきから、ころろ、ころろと、はらなりをつづけていました。

ひもじい子ばと、野の子ばと。

ごらん、空には、お月さまが、まるく、あかるくのぼってきました。ごらん、地めんに雪のような光がこぼれて、つい、目のまえに、かげが、こっそりあらわれました。あわれな子ばとのかげでしょうか。いえいえ、そうではありません。子ばとのかげはかしの木の、こんがらかった枝《えだ》えだのかげにかくれてしまいました。そばに、こっそり出てきたかげは、子ばとを見ているおじいさんのかげぼうしでした。そのかげぼうしは、くろぐろと、地めんにしゃがんで、なにか、大きな鳥のようにもみえました。鳥ではないが、鳥らしいところはないかと、両手をのばしてふってみました。すると、それが、なんとなく、つばさのようにみえました。そこで、ためしに、はばたくまねをしてみました。するとたしかに、うでと、うでとが、ちらついて、とびたつようにみえました。

「どうやら、鳥にているよ。では、ちょっと、なくまねをやってみようよ。」

おじいさんは、くくう、くくうと、なくまねをやってみました。すると、たしかに、そのこえは、枝《えだ》の子ばとが、ないたようにも思われました。

「これは、いい。これなら、きっと、子ばとのかわりになれそうだ。」

そう、おじいさんは、ひとりごとして、それから、そっと、木の枝《えだ》の子ばとをのぞいていいました。

「子ばとよ、子ばとよ、もう、ねたか。ひもじかろうと、がまんして、ねむれば、あしたは、たのしいよ。」

だんだんに、夜あけが、ちかくなるでしょう。朝が、きましょう。よいお天気になるでしょう。庭のむしろに、豆は、また、きっと、ほされることでしょう。おじいさんは、にこにこしながら、かしの木にじょうずにのぼっていくでしょう。木の枝《えだ》にそっとかくれて、なくでしょう。かわいそうな子ばとにかわって、くくう、くくうと、なくでしょう。

するとさっそく、わかいむすめが、戸口から庭に出てきて、きのうのように、きくでしょう。

「はと、はと、子ばと、よい天気、およめにいくのは、いつごろか。」

そしたら、すぐに、おじいさんは、それにこたえて、いうでしょう。

「さくらのつぼみが出るころに、つぼみが、花になるころに。」

すると、むすめは、よろこんで、

「はいはい、豆をあげましょう。」

そう、いって、ひとつかみ、豆をつかんで、ぱらぱらまいてくれましょう。けれども、それは、そのままにして、もういちど、くくう、くくうと、なきましょう。すると、それをききつけて、おかあさんが、戸口から、ぞうりをはいて庭に出て、きのうのように、きくでしょう。

「はと、はと、子ばと、よい天気、おばあさんには、いつなれる。」

そしたら、すぐに、おじいさんは、それにこたえて、いうでしょう。

「やさしいむすめのかわいい子、おまごが、ひとり生まれたら。」

するとすぐさま、よろこんで、

「はいはい、豆をあげましょう。」

おかあさんも、そういって、ひとつかみ、豆をつかんで、ぱらぱらまいてくれましょう。

けれども、やっぱり、それは、そのまま、すておいて、もういちどだけ、くくう、くくうと、なきましょう。すると、こんどは、おばあさんがききつけて、庭に出てきて、こしをまげまげ、おばあさんも、きのうのようにきくでしょう。

「はと、はと、子ばと、よい天気、いつごろ、あの世のごくらくへ。」

そしたら、すぐに、おじいさんは、それにこたえて、いうでしょう。

「しらがあたまに、ゆきがふり、歯が、みな、かけて、ないころに。」

すると、にっこり、うなずいて、

「はいはい、豆をあげましょう。」

そういって、おばあさんも、ひとつかみ、豆をぱらぱらまくでしょう。

ひとつかみずつ、三ど、まかれた豆つぶを、よせあつめましょう。両手のひらから、こぼれるくらいありましょう。

おいしい豆つぶ。

さあ、この豆を、みんな、子ばとにやりましょう。

お月さまのごさいなん

おばあさんから、きいた話をいたしましょう。

一

むかしむかしは、世のなかに、くぼ地がたくさんありました。くぼ地のそばには野があって、どうやら、道が、まがりくねって、ついていました。道といっても、草は、しげって、つるは、からまりあっていました。ですから、人がいくときに、すこしゆだんをしていると、足をとられてころばなければなりません。それればかりではありません。草の中には、へびがいました。ですから、それにも気をつけなくてはなりません。しかもまだ、それればかりではありません。かっぱが、そこらにすんでいました。

どんな所に？　と、おききなさるまでもないこと、かっぱでしたから、くぼ地の水のふかい所にすくっていました。あたまの小さなわりあいに、黒い目玉が、ぎょろりと出ていて、木の実を二つ、顔にならべてつけているかとおもわれました。やせてほそい手足には、水かきがついていました。もちろん、しりおもついていました。からだぜんたいの大きさは、さよう——五才か、六才ぐらいの子どものたけと、いくらもちがいませんでした。けれども、かっぱは、たいそう力がありました。今となっては、世のなかのどこをどんなにさがしても、そんなかっぱは、見つかりそうもありません。けれども、むかしは、そこにもここにも、ちらばっていて、くぼ地のなかの、もののかげから、ちょいちょいと顔をだしてのぞいていました。

なんだって、もののかげから、ちょいちょいと、そこらをのぞいていたのでしょうか。お聞きください。かっぱは、いつでも、そこらをとおる人たちのおいしいものをねらっていました。そして、それをねらうには、くらい晩《ばん》が、あつらえむきでありました。やみが、ふかいと、かっぱの目玉は、そこらが、はっきり見えました。もちろん、人は、りこうですから、くらい晩《ばん》には、まるい明るいちょうちんをかた手にさげて、夜道をあるいていきました。かっぱには、そのちょうちんが、たいへんじゃまでありました。けれども、だまって人のあとからついて歩いていくうちには、人は草に足をとられて、つまずいて、ちょうちんをけしてしまうか、あるいは、人が、よその家から、ちょうちんをかりて出るとき、ろうそくのみじかいものをそのままにして出てきたために、じぶんの家までつかないうちに、火がきえるとか、あるいは、風が、つよくあたって、ろうそくのほのおが長くあめのようにのびてしまって、つい、ふっときえてしまうか、それか、これかのどちらかで、まるい明るいちょうちんも火のないものになりました。さあ、そうなると、かっぱは、すこしも待ってはいません。さっそくに人のうしろにちかづいて、おいしいものが、せなかにあるなら、そのままひっぱる。また、それが、胸《むね》のまえにさげてあるなら、まえのほうにぶらさがる。どちらにしても、かっぱのおもみで、その人は、うしろにそるか、まえにのめるかしたうえで、ごちそうを、みんな、かっぱに取られてしまう。

二

とはいうものの、だれもかれもが、こんなぐあいに、きまりきって、かっぱにものを取られたわけではありません。くらい晩《ばん》でも、やがて、空には、お月さまがのぼってきました。かっぱが、いまこそ、ひとのものを取ろうとするとき、そのとき早く空のはてから、または、くらい森の上から、さては黒い山のかげから、あお白い光がさっとながれること

がありました。お月さまのあかるい光——お月さまは、そのときに、ちらっと、ひと目、人のうしろのかっぱが、あわてて手を引っこめるところを見ました。

「やれ、よかったな。まにあって。」

お月さまは、いまのいま、かっぱが、なにをしようとしたのか、ちゃんとわかっていましたから、ひと目それを見たときにまんぞくしました。ひとりでも、さいなんからすくってやったことをおもって、むしょうにうれしい気がしました。けれども、それだけ、いっぽうのかっぱにとっては、ざんねんしごくでありました。

「にっくいやつ、いつでもふいに出てくるんだ。」

「どうかして、つかまえるくふうはないか。」

「なにしろ、とおくて、とどかない。」

かっぱが三びきあつまれば、三びきともに、もしも、十ぴきよってたかれば、十ぴきともに、とんがり口をとがらせて、お月さまのわるくちばかりしていました。かっぱにとって、にくいもの、いまいましいもの、おそろしいもの、それが、すなわち、お月さまでありました。たしかにそれは、ちょうちんどころではありません。こうして、かっぱは、目のかたきにして、お月さまが、くぼ地の水にうつっているのを見つけると、小石をひろってなげつけました。小石がどぶんと水におちると、お月さまのきれいなかげが、さっとくだけて、ちらちらさわいで、しばらくは、もとのかたちになりません。かっぱには、それがゆかいでありました。高い、とおい空の上では、どんなに小石をほうっても、とどきませんから、かっぱは、てんでに、月のかげになげつけて、せめてもの、じぶんのうさをはらしていました。

けれども、かっぱが、どんなに石をなげつけようと、空の上のお月さまには、いたくもかゆくもありません。それはかえって、おかしいことでありました。なぜかなら、かっぱの石のおちるところは、かっぱなかまのすまう所、つまり、じぶんのおうちのなかでありました。なんのことはありません。石のつぶてを、お月さまになげるとばかりおもっているのに、そのじつは、じぶんのおうちになげているのでありました。この世のなかには、そうしたことが、ときどきあるということを、かっぱどもは知っていません。はらだちをなさるどころか、お月さまはそれを見て、そっと空からわらっていました。かっぱどもには、いっこうに、お月さまのおかしいわけがわかりません。

「あいつ、まい晩《ばん》、わらっているよ。」

「なにが、あんなに、おかしいのだろう。」

かっぱは、くらいやぶのかげから空をのぞいて、そんなことをささやきあっていましたが、そういう月の、にっこりしているようすを見ると、そんなものが、あるばかりに、くらい所ににげこんで、おもうようなしごともできずに、うろうろしているじぶんどもが、ふがいなく思われました。

「なんとも、しゃくにさわるじゃないか。こんなあかるい月夜には、人がへいきで夜道あるきをしているよ。どうだ。ひとつ、あかるくても、どきょうだめしにでかけては。」

「うん、それがよい。でかけよう。」

けれども、そとが昼間のようにあかるくては、かっぱの目さきは、ちらついて、ぼうとかすんで、ものの見わけがつきませんでした。むりをして出てみたところで、くたびれもうけでありました。そこで、かっぱは、えものをさがしに、晩《ばん》がたの、まだくらくならないうちから、ふらふらととびだすようになりました。

三

ある晩《ばん》がたでありました。ひとりの男が、かたのつつみをふりわけにして、さみしい道をあるいていました。目の早いかっぱは、見のがしませんでした。さっそく、ひとりのなかまをさそって、男のあとを追いかけました。男は、ひょろひょろしていました。おじいさんでしたろうか。いいえ、おじいさんではありません。つえをついてはいませんでした。

そんなら、ちんばでしたろうか。いえ、ちんばでもありません。どちらの足もまがってはいませんでした。それなのに、よろめきながらあるいているのは、お酒をのんで、よっているのでありました。

「こいつは、しめたぞ。よっぱらいだ。」

「そうか、そんなら、せわがない。」

かっぱと、かっぱは申しあわせて、さっそく、そばにかけよって、よっぱらいのうしろとまえから、一ぴきずつ、つつみをめがけてとびつきました。よっぱらいは、はずみをくって、ふらふらと、およぎましたが、それでも、しっかと、ふみとどまって、

「ばかに重いぞ、どうしたのかな。」

と、つぶやきましたが、かっぱが、二ひきも、とびついたとは知りません。足にしっかと力をいれて、そのまま歩きだしました。かっぱは、どちらも、つつみを取ろうとしましたが、じょうぶなひもでかたくからめてありました。たぶん、それは、その人が、お酒によっていましたから、かえるとちゅうにうっかりして、ごちそうのつつみをおとしてしまってては、おみやげにならなくなると考えて、むこうの家を出るときに、そこのうちの人たちが、そのように、かたく、しっかと、むすんだものでありましょう。

「なんと、かたいな。」

「まだとけない。」

「つめが、しびれる。」

「歯が、いたい。」

二ひきのかっぱは、むすびめに、つめをたてたり、かみついたりして、ようやっと、つつみをひもからときだしました。おいしそうなにおいがしました。鼻をならして、一つずつ、つつみをかかえて、かっぱは身がるくとびおりました。するとまた、はずみをくって、よっぱらいは、こしが、ふらつき、よこによろけて、足が道からそれたとおもうと、まえにのめって、あっけなく、くぼ地の中におちこみました。

「これは、おかしい。」

よっぱらいは、四つんばいになりながら、首をちぢめておきあがろうとしましたが、両手は、どろにささってしまって、ささえどころがありません。

「こんなはずでは、なかったぞ。」

よっぱらいは足を引こうとしましたが、足は、ふかくどろにすわれて、力をいれてもぬけません。

「どうしたのかしら。」

よっぱらいは、首をひねって考えました。

「だれか、おれをおさえているかな。」

手か足か、どちらかを引きはなそうとしましたが、力をいれると、なおさらふかく、どろに、はまって、どうすることもできませんでした。日は、とっぷりとくれました。よっぱらいは、ちらつく目さきをじっとこらして、いったい、じぶんがどこにいるのか、たしかめようとしましたが、それこそ、くらくて、なんにもわかりませんでした。

四

そうするうちに、むこうの黒い森のま上が、ほんのりと明るくなって、お月さまが、のぼってきました。見ると、ひとりの人間が、まるで、どろから生えでたように、手も足もどろにうずめて四つんばいになっていました。お月さまは、おどろいて、おもわず声をかけました。

「なんだって、そんなところに、はまったの。」

よっぱらいは、まだ、よっていて、さめませんでした。けれども、たしかにその声をききつけました。そして、それに答えるように、つぶやきました。

「なにが、なんだか、わからんよ。」

もちろん、そんなつぶやきは、とおい空のお月さままで、きこえるはずはありません。けれども、それがきこえなくても、お月さまには、なにもかもわかってきました。ひもがとけて、男のかたにかかっていました。

「ははあ、かっぱが、つつみを取ったな。」

お月さまは、それとわかると、もう二、三分早めに空に出ればよかった。しまった——と、くやみました。そうして、男の不自由なようすを見ると、早く男を助けてやろうとおもいました。

お月さまは、そこで、さっそく、ころものような黒いものをとりあげました。それは、じぶんが三日月さまになるころに、じぶんのからだにかける着物でありました。それを手早くからだにかけて、あたままで、すっぽりとつつんでしまうと、空をはなれてまっすぐに、まりがおちてくるように、森の上におりました。高い木のつめたい枝《えだ》から枝《えだ》をつたって、こっそりとくらい地めんにおりてきました。その足音は、だれにもきこえませんでした。お月さまは、くぼ地にきました。人間は、まだ、手足をどろにさしこんで、かめのようになっていました。そのうしろから、お月さまは、こしをかがめ、手をさしのべて、人間のおびをつかんで引きあげました。

「おやおや、ひっぱる。だれだ。だれだ。」

よっぱらいは、たしかに、だれかが、こしのところをつかんだこと、引きあげられて、じぶんの手足が動いたことに気がつきながら、ひとりごとをいいました。

「もういい。からだが、かるくなったぞ。」

よいの気もちが、そろそろと、さめかけようとしていました。けれども、足は、まだふらついてみえました。お月さまは、それを見て、くらい道に立ったまま、きている着物のすそをいくらか、つりあげました。すると、そこから、金いろの光がもれて、矢のように、ほそく長く、道の上にさしました。

「月が出たかな。あかるいものが、ちらちらする。」

よっぱらいは、つぶやきながら、とぼとぼと足をはこんでいきました。お月さまは、まだ、道に立っていました。お月さまは、くろい着物にすっぽりとからだをつつんでいましたから、森までもどって、もういちど、つめたい枝《えだ》から枝《えだ》をつたって、空にのぼっていくまでには、野にも山にも月の光がさしません。それでしたから、もし、そのあいだに、よっぱらいが、つまずきでもして、また、みちばたのくぼみのなかに落ちこまないともかぎらない——そう考えて、人間ひとりのゆくさきを、じっと立っててらしていました。

けれども、そうしているうちに、こまったことができました。お月さまの黒いかたちに、かっぱどもが、目をつけました。

五

さあ、じっとして見てはいません。目の色をかえて、すばやく、なにか、あいずをしたかとおもうと、そこらここらのやぶかげから、なかまのかっぱが、ぞろぞろとあらわれました。どれもこれも、やせて、ほそくて、目玉は、ひかり、口は、とがって、みな、にた顔でありました。それらが、そっと耳うちをして、四つんばいになりながら、お月さまの足もと目がけて、はいよりました。

「なにか、きたな。」

と、お月さまは、かんづきました。そのとき、早く、四、五ひきのかっぱが、さっと、お月さまにとびつきました。とぶのが早いお月さまでも、ふいをねらってせめかかられては、かなうものではありません。あっというまに、くぼ地の中にたおされました。かっぱどもは、むらがっておどりかかって、お月さまをおさえつけ、着物をかぶせておしつけました。お月さまは、けれども声をたてませんでした。ただ、けんめいに力を出してあらそいました。あらそいましたが、すっぽりと、着物をかぶっていましたから、手足の動きが、思うようになりません。だんだんに、どろにおしこめられました。ああ、なんとしましょう。なん十本かのかっぱのうでは、ありたけの力をこめて、頭の上からおしつけました。お月さまのまるい頭は、だんだんにどろにしずんでいきました。ほかのかっぱが、大きな石をはこんできました。お月さまの頭の上に、その石を、どっかと、すえてしまいました。

かわいそうに！　お月さま。大きな石を頭の上にのせられて、どろにはまってしまっては、どうすることができましょう。もし、その石も、石のおもみでだんだんにどろにはまってしまうなら、いったい、だれが、なんのしるしを、あてにして、お月さまを見つけることができましょう。

ひと晩《ばん》、ふた晩《ばん》と、くらい夜がたちました。どこの村でも、人たちは、あたらしい三月さまが、早く空に出てくることをのぞんでいました。どうしてそんなに、みんなが待ったのでしょうか。いうまでもありません。お月さまのようにやさしい、しんせつなおかたは、どこにも、いませんでした。それは、遠くの手のとどかない空のはてにいなさるけれども、どんな人にもなつかしまれるお友だちでありました。お月さまは、くらい道を、いつもあかるくしてくれました。どんなわずかな、すみずみまでも、青くてらしてくださいました。

「どうしたのかしら、まだ出なさらない。」

「おかしいことだな。」

人たちは、くちぐちに、そういいあって、くらい空に目をむけながら、もしか、どこかに出ていないかと、お月さまをさがしてみました。けれども、どこにも、お月さまは、見えません。

いつになっても、お月さまは、のぼりません。

六

お月さまの出ない話は、村から村につたわりました。ろばた、しごとば、道のはた、そういう場所で、人たちは、ふしぎにしながら、それをかたりあいました。たしかにそれは、ふしぎなことでありました。だれにしたとて、お月さまが、空の旅路にまよって見えなくなったとか、どこかで、だれかにとらえられてしまったとか、そんな話は、これまで、いちども、きいたためしがありません。

三日、四日とたちました。

五日、六日とたちました。秋のお祭りが村にきました。人たちは、しごとをやすんであつまって、朝から、みんなで、お酒をのんでいわいました。そして、その日、いつかの夜のよっぱらいも、じょうじょうきげんになっていました。ちょうど、話は、またしても、お月さまの出ない話になりました。

「どうしたのだろう。このごろ、ちっともお月さまが出ないとは。」

「お祭りなのに、こん夜も、やみでは、こまったな。」

「どこに、かくれたものだろう。山であろうか。森であろうか。」

なかまの話を、男は、そばでききながら、たばこをふかしていましたが、ふいと、小首をまげました。

「うん、そうか。あの晩《ばん》からだな。お月さまの出ないのは。」

ひとりごととして、きせるの首のすいがらを、ぽんと、はたいていいました。

「はっきりとは、おぼえていないが、このあいだ……。」

と、男は、いつか、くらい晩《ばん》、よそによばれてかえるとちゅう、村はずれのくぼ地の中にふみこんで、ごちそうをみんななくしてしまったこと、けれども、そのとき、だれかが、ふいに、じぶんのからだを引きあげてくれたような気がしたこと、それとまた、きみょうにあかるい、ほそい光が、じぶんの道をてらしてくれたということを手まねをしながら話しました。

人たちは、半分わらって、きいていました。

ばからしくもあり、ゆめのような話であり、それに話の語り手は、お酒をのんでいましたから、だれも話をまじめに聞こうとしませんでした。

けれども、そのとき、おとなのほかに、子どもらが四、五人ばかり、そばにいました。子どもらは、たいそうまじめな顔つきで、だまって話をきいていました。ばからしい、ゆめのようなお話を、かれらは、いつも、すいていました。

「おじさん。そいつは、ほんとうなの。」

と、ひとりの子どもが、たずねました。

「ほんとうだとも、くぼ地にいってみるが、いい。四つんばいの手のあとが、きっと、のこっているだろう。」

子どもらは、わらいました。けれども、そのとき、ひとりの子どもが、いいました。

「あそこに石が……。」

「石って、なんだい。」

と、こんどは、男がききました。

「このあいだ、あそこのそばをとおったら、大きな石がおいてあったよ。」

聞いて、こんどは、男が、ふしぎに思いました。

「はて、石が、おいてあるとは。」

けれども、子どもは、三人までも、たしかに石がおかれてあると話をしました。

「そいつは、おかしい。とにかく、ひとつ、いってみようや。」

そういって、いつかの夜のよっぱらいは、子どもらが、いう、その石を、ふしぎにしながら、四、五人の子どもといっしょに、村のはずれのくぼ地をさして出かけました。

くぼ地までできて、男は、なにを見たでしょうか。ものかたちは見えません。けれども、くぼ地の石のまわりに、昼間というのに、なにかしら、あかるいものが、ちらちらと、どろの中からさしているのが、わかりました。

「これは、おかしい。」

子どもといっしょに手をかけて、男は、石をずらしてみました。なにが、頭を出したでしょうか。

もう、いうまでもありません。

おとなと子どもと、あっと、おどろくひまもなく、お月さまが、あらわれました。青ざめながら目をすえて、はじめて人を見たときの、ものかなしげな、けれど、また、うれしそうな顔つきは、たとえようもありません。その場におれば、だれでも、ちゃんと目に見ることができました。けれども、それは、ほんのちょっとでありました。お月さまは矢のように空にのぼって、いっときに見えなくなってしまいました。それでしたから、その顔つきを、もっとくわしく話すわけにはいきません。

おばあさんは、話しおわって、いいました。

「その顔つきが、どんなであったか、見ないことには、わからない。でも、それは、どうでもいいのさ。いいたいことは、子どもらが、ばからしい話をまじめにきいてくれたということさ。またも夜空にお月さまが出なさるようになったのは、みんな、子どものおかげだよ。」

（旧題＝「石の下からお月様」）

波の上の子もり歌

　みなさんは、ごぞんじでしょう。

「くらげのおつかい」というお話を。

　りゅうぐうに、りゅう王さまが住んでいました。その王さまのおつかい役をひきうけて、海のくらげは、島にいる、さるのからだの生きぎもを取ってこようと、おきに出て、ふわりふわりとただよいながら、さるの島にちかづきました。さるさん、さるさんと呼《よ》びかけて、うまくだまして、さるを背《せ》なかにのせました。けれども、とちゅうで、つい、うっかりして、おしゃべりをしましたために、あべこべに、背《せ》なかのさるにだまされて、にげられてしまいました。くらげは、から手、からの背《せ》なかでもどりました。

「なんだ。このばか、このまぬけ。」

　りゅう王さまのけらいのさかなは、よってたかって、くちぐちにののしりました。みんなで、くらげをぶちました。めったやたらにたたかれて、くらげのからだは、くたくたになってしまって、ふわりとかるく、海のおもてに浮《う》いて出ました。

さあ、そのくらげのあとの話を書いてみましょう。

くらげは、海に浮《う》かんでいました。さんざんにからだをぶたれて、ぶたれたあとが、ぽつりぽつりと、あざになって見えました。くらげのからだに、うす青い、紋《もん》のような、もようが、ついているでしょう。そういうくらげが、いるでしょう。それが、ぶたれたあとのあざだと、浜《はま》のりょうしが、いいました。くらげは自分のからだのあざには気がつきません。けれども、どうして、ぶたれたか、ぶたれるような、しくじりを、なぜ、やらかしたか、わかっていました。くらげは、ふわりと浮《う》いたまま、つまらなそうな顔をして、波のとおりに、うごいていました。なにも、しごとがありません。海のさかなは、だれひとり、あいてになってくれません。

くらげは、さびしくなりました。

「ああ、ぼくは、海のルンペン、ほねをぬかれたルンペンだ。」

そう、つぶやいて、ためいきをついていました。

よいお月夜でありました。波は、しずかで、空は明るく晴れていました。くらげのほそいためいきが、けむりのように白く出て、つぶやく声が天上のお月さままできこえました。

「ルンペンだって。」

空のほうから、そういう声がしてきました。海のくらげは、しょんぼりと、ひらたい顔をむけました。

「はいはい、空のお月さま、たしかに、わたしはルンペンで。」

「なんのことかい、ルンペンって。」

「はいはいはい、空のお月さま、なんにもしないで、のらりくらりと、その日その日をくらしているもの、それを、そう、せけんの人がもうします――ルンペンだって。」

「ほほう、そうかな。」

くらげは、それから、ルンペンと呼《よ》ばれるものが、下の世界のところどころに、もっといること、そのものどもは、みなが、みなまで、なまけものというのではなく、そのだいぶぶんは、自分にできるしごとがないかと、さがしているということを、もっとくわしくお話しようと、波にふらつくからだを、ぐっと、もちあげました。

けれども、そのとき、お月さまが、もうしました。

「ルンペンというそんなことばが、いつ、できたのか。だれが、いいだしはじめたのか。わたしは、ちっとも知らなかった。あんまり高いところにいるので、つい、とおい下の世界のものごとは、わからずじまいになってしまう。ルンペンなんて、そんなことばは、早くなくして、みんな、たのしい世の中にしたいと思う。」

「どうぞ、そうしてくださいまし。」

お月さまは、がってんしながら、高い空からいいました。

「そうか、よしよし、よいしごとがある。」

しんせつな、よいお月さまでありました。月のお山ではねているうさぎのなかから、小さなうさぎをとりあげました。あかちゃんうさぎでありました。それをかかえて、だんだんに空からひくくおりてきました。そうして、くらげの背《せ》なかの上に、あかちゃんうさぎをのせました。

「さあ、くらげさん、あなたは、ほねをぬかれても泳ぎはできます。わたしのうさぎをかしてあげます。うさぎをのせて、そこらを泳いでごらんなさい。」

そう、お月さまが、いいました。くらげは、うれしくなりました。

「ありがとう。お月さま、これで、わたしは、もうルンペンではありません。かわいいうさぎが背《せ》なかにのっているのです。この子がおれば、夜あけまで、夜があけましたら、おひるまで、おひるがすぎたら、日ぐれまで、子もりが、できるというものです。」

お月さまは聞いて、にっこり、えがおを見せていいました。

「ひと晩《ばん》、いち日、子もりでは、いくらなんでもくたびれて、くたくたくらげになりましょう。ひと晩、いち日、おんぶでは、うさぎもあきあきするでしょう。夜だけの子もりにしなさい。あかちゃんうさぎは、そのかわり、毎晩《まいばん》かしてあげましょう。」

きいて、こんどは、くらげが、にっこり、わらいを見せていいました。

「ああ、そうでした。お月さま。わたしは、あんまりうれしくて、いち日、ひと晩《ばん》、子もりを、などともうしました。かんがえなしに、ものをもうして、ごめんください。子もりをつづけてくたびれて、くたくたくらげに、また、なるのではかないません。あっはは、そうではございませんか。」

「そのとおりだよ。なかなか、話はおもしろい。話じょうずなおまえさん、歌も、じょうずにうたえるだろうよ。どれ、ひとつ、きかしてください。子もり歌。」

いわれて、くらげは、まじめがおして、いいました。

「はいはい、それでは、さっそくに。」

子もりの歌を、しずかにうたいだしました。

ねんねん　ねんころ
おころりや
月のお山は　とおい山

とおいお山をおりてきて
海のうさぎになりました

海のうさぎは　よいうさぎ
お目目とじれば　耳もねる
ねんねん　ねんころ
ねんねしな
お山わすれて　ねんねしな

うたい、うたい、くらげは、背《せ》なかのうさぎをあやして、ゆうらり、ゆらりとゆれていました。波のとおりに、うごいていました。いまは、ちっともかなしい気もちはありません。あかちゃんうさぎも、おとなしくねむるのでしょう。目をそっと、とじていました。

お月さまは、もうちゃんと、空の上までのぼっていました。そうして、青いきれいな光をちらちらと海のおもてに粉のようにふりかけました。

たましいが見にきて二どとこない話

　ある山の手の高だいに、りっぱなやしきがありました。石のへいをめぐらして、庭には、ふかく、ふとい木が、しげっていました。

　このやしきには、はくしゃく陸軍大将《たいしょう》が、年をとってからの月日を、しずかにくらしていましたが、きょ年の秋に死にました。あとにのこった、おくさまは、六十才をこしていました。けれども、かおは、つやつやしていて、目も、いきいきとしていました。

　さて、大将《たいしょう》が、この世にいなくなってから半年ぐらいは、たちました。そのあいだ、おくさまは夫のゆめをたびたび見ました。朝になって目がさめて、そのゆめを思ってみるのでありました。むこうから、だれかが、あるいてくると思ってみていると、四、五けんまえの所にきてそれが夫になりました。夫が、なにか、よびかけて、くちびるを動かしましたが、なにをいったのか、たしかに声をきいていながら、そのわけが、いつも、はっきりしませんでした。おくさまは、いすにもたれて、目をとじながら考えましたが、思いだされそうでいながら、どうしても、夫のことばのいみあいが、はっきり、うかんできませんでした。

「また、おとうさまのゆめを見ました。」

「よくごらんになりますね。また、なにか、おっしゃいましたか。」

茶をのみながら、にこにこして、そういったのは、あととりむすこでありました。

「やっぱり、はっきりしませんよ。耳にお声がのこっていても、どうも、思いだされません。」

「そこが、ゆめというものでしょう――おとうさまの銅《どう》ぞうを、しじゅう、気にしていなさるから、つい、ゆめをごらんになる。」

「そうかもしれません。」

「でも、おとうさまが、銅《どう》ぞうのごさいそくかもしれません。なんどもゆめに出なすって、まだか、まだかというわけで。はっはっはっ。」

むすこは、わらっていいましたが、じつをいうと、じぶんでも、その銅《どう》ぞうを早く見たいと思っていました。むすこは、ふたりのちょうこく家に、おとうさまの銅《どう》ぞうをたのんでいました。その一つは、やしきの庭にたてること、あとの一つは、大将《たいしょう》の出身地である、いなかの町の公園にたてること、そして、どちらも、身のたけくらいの大きさに作ることになっていました。

ちょうこく家は、大将《たいしょう》の写真をたくさんはくしゃく家からかりうけました。いかめしい軍服すがた、くつろぎの和服すがた、まじめなかおつき、わらいがお、また、よこがおの写真まで、できるだけひろく見てから、その大将《たいしょう》のいんしょうを、あたまにまとめて、ふたりは、たがいに、しごとをすすめていきました。ふたりとも、名のうれている、うでまえのたしかな人でありました。おとらないしごとをしようと、ふたりとも、たがいに思いをこらしました。春は、すぎ、夏は、くれていきました。秋になって、銅《どう》ぞうは、ある日、どちらからもとどけられ、はくしゃく家の庭で、はじめて出あいました。

「やあ、きみ。」

「やあ、きみ。」

と、銅《どう》ぞうどうしが、たがいに声をかけあったか、どうかは、わかりません。けれども、家族のなかにまじって、まごさんたちは、小鳥のように声をはなって、大よろこびでありました。

「おかしいわ、ふたりならんで。」

「黒いおじいちゃま、くろんぼみたい。」

「あるくと、いいなあ。」

そんなことをいいながら、みんな、にこにこしていました。そのなかに、おくさまも立っていました。おくさまもまた、かつて、夫の大将《たいしょう》が世にいたころのかおとすがたをまざまざと見る気がしました。その銅《どう》ぞうを見ることがはじめてなのに、いま、はじめてではないような気もちがしました。そう思っておくさまは、その銅《どう》ぞうに、というよりは、なつかしいじぶんの夫に目をつくづくとむけていました。すると、二つの銅《どう》ぞうの目つきや鼻のかっこうや、ひたいやあごと、だんだんに目につくちがいが見えてきました。おくさまは、ならんだ二つの銅《どう》ぞうを、まえのほうからだけではなく、うしろのほうから、よこのほうから、ななめからと、さまざまに見ていましたが、しまいには、あととりむすこにいいました。

「右のほうのは、首から下がいけません。おかおは、じょうずにできましたが。」

それから、左の銅《どう》ぞうに、目をむけながらいいました。

「こちらのほうは、かたのぐあいも、むねのようすも、よいけれど、どうも、おかおが、いけません。」

「ほんとに、そうでございますわ。」

と、あととりむすこの、わかい夫人も、そばから口をそえました。

「にていなくては、つまりません。あちらの首を、こちらのほうにつけましょう。そして、もう一つ、つくらせましょう。あちらの人には、首だけを、こちらの人には、下だけを。」

そう、おくさまが、いいました。

このこっけいなちゅうもんが、ふたりにつたえられました。ふたりは、どちらも、いやな思いがしましたが、それでも、それをひき受けました。けれども、いまは二どとじぶんの心をこめて、しごとをしようとしませんでした。ただ、たくさんのお金がとれるということだけで、ひとりは、首を、もうひとりは、首から下を、しあげることにきめました。

あちらの首とこちらのからだと、一つのものについでできた銅《どう》ぞうは、やしきの庭の小高い所にたてられました。しんるいのもの、知りあいのお客がおおぜいまねかれて、にぎやかな、じょまく式があげられました。

どんなにか、おくさまは、まんぞくだったでありましょう。まくがひかれて、銅《どう》ぞうが、見あげる高さにはればれしくもあらわれたとき、おくさまの黒いひとみは、なみだの中にとけこんで、じぶんのそばにだれがいるのかも忘《わす》れたくらいでありました。さまざまな夫のすがたが、目のまえにうかんできました。青年士官の時代の夫、子どものように、ほおの色の美しかったじぶんの夫、つとめからかえってきては軍服のまま、庭さきで子どもたちをだきあげて、ほおずりをしてかわいがったじぶんの夫……おくさまは、目をしばたたいて、ハンカチを目にあてました。うれしさ、なつかしさ、それにまた、だれかがからだをささえてくれているような、気のやすらかさ、いまは、まったく、夫にたいするじぶんのつとめを、はたしおわった気もちがしました。いつ、どこで死のうとも、心のこりはないように思われました。

さて、その晩《ばん》でありました。風は見えない手を動かして、さらさらと銅《どう》ぞうにやってきて、ふと、銅《どう》ぞうに目をとめました。くらい夜風が、どこからともなくふいてきて、ふと、銅ぞうのあたまやかたをなでてから、高いへいをとびこえて、しゅうしゅうとかけだしました。くらいほりの水のおもてを、かすめて走っていきました。電信ばしらのあたまの上もこえました。それから、高いたてもののひらたいかべにぶつかりました。しかも、風は、なにがあっても、じぶんからは、よけようとはせず、ぐんぐんとおくふいていきました。大きな墓地《ぼち》が町のはずれにありました。ほんのり白く、はか石が、いくつもならんでいるほかには、だれのすがたもみえません。四、五日まえに、雨にふられて、きたなくなった大きな花わもありました。あるはかは、あやうく、たおれかかっていて、あした、だれかが、それをおこしにこなければ、まにあわないかとみえました。それらのそばを身がるにくぐりぬけながら、石がきのある、はかばの中にそっとはいると、風は、しずかに、一つの石にささやきました。

するとと、中のたましいが、目をさましたのか、それにこたえていいました。

「だれじゃ、いまごろ、おこすのは。」

声は、かすれていましたが、そこぢからのある、ふといひびきをもっていました。

「お目ざめでございますか。てまえは、風でございます。お知らせにまいりました。」

「なんの知らせじゃ。」

「ご銅《どう》ぞうが、たちました。」

「なんじゃと、わしの銅《どう》ぞう。」

「はい、こんや、ただいま、みとどけてまいりました。」

「そうか、いよいよたったのか、おまえが、それを見てきたのか、そして、どこにたったのじゃ。」

「おやしきのお庭の中でございます。」

「いつ、たったのじゃ。」

「さあ、それはわかりませんが、たぶん、きのうか、それとも、きょうかと思われます。」

「そうか、して、どうじゃな、ぐあいよく、できているかな。」

「さあ、てまえには、よく、わかりません。ただ、がんじょうに、いかめしくできました。それだけは、たしかなところでございましょう」

「ふふう、銅《どう》の人形じゃ。それにちがいは、あるまいが。」

と、石の中のたましいは、かるくわらっていいました。

「どうじゃ、そとは暗いかな。」

「はいはい、くろうございます。星が、ぴかぴかひかっていますが、大ぞらのそこのほうから、ちょっぽりと見ているだけでございます。」

そういって、風は、ことばをたしました。

「ちょうどよい暗さかげんでございます。」

「そんなら、ちょっと見てこようか。」

「そうなされまし。てまえも、おともいたします。」

「それでは、出るぞ。」

そういったかと思うまに、陸軍大将《たいしょう》のたましいは、石の中からあらわれて、くらい風といっしょにかけていきました。たましいは、やがて、しずかな山の手の高だいにやってきました。こっそりと、やしきのそばにちかづいて、石のへいをとびこえました。音もなく庭の中へはいりました。ひろい庭でありましたが、見おぼえのあるじぶんの庭のことでした。まごつくこともありません。そこここに立っている木は、そのばしょも、その枝《えだ》ぶりも、じぶんが生きていたときと、すこしもちがいありません。つき山のかたちも、ちゃんと、まえのとおりでありました。見ると、ふと、ふんすいのほとりにちかく、ふとい松の木のそばに、黒いものが立っていました。

「ははあ、これだな。」

陸軍大将《たいしょう》のたましいは、うなずきながら、おともの風にいいました。

「ばかに黒いやつじゃないか。」

「ですけれど、それが閣下《かっか》でございます。よくおにあいか、ひとつ、ごらんなさいまし。」

たましいは、がってんをして、その銅《どう》ぞうにさわってみました。ひやりとつめたい銅《どう》ぞうは、そのたましいのつめたい手よりもひえていました。ぼうしも、かたも、ひげまでも、ふかい夜つゆにぬれていました。大将《たいしょう》のたましいは、銅《どう》ぞうのからだをなでているうちに、首のところの小さなすきまに気がつきました。

「おや、こんなところに、すきがある。」

たましいは、つぶやきながら、首のまわりをよく見てみました。すると、それは、つぎあとの大きなきずでありました。

「へんだな。」

と、たましいは思いました。

「とにかく、ここから、はいってみよう。」

大将《たいしょう》のたましいは、からだをちぢめて、小さくなって、銅《どう》ぞうの中にはいっていきました。中はくらくて、なにがなにやらわかりません。けれども、そこらを手さぐりしながら、銅ぞうのむねかとおもうあたりをなでて、そこに、しずかに、つかまりました。けれども、どこやらおちつきません。たましいは右のほうに、すこしく、ずれてみましたが、まだ、どうしても、おちつくことができません。

「ずれすぎたかな。」

と、たましいは、左のほうにかげんをしました。けれども、やっぱり、おちつきません。銅《どう》ぞうの首から上が、じぶんのものと思われながら、首から下が、なんとなく、かりもののような気がして、すっぽりとあてはまりません。

「少し上にいるせいかな。」

と、たましいは、思いなおして、むねのところを一、二寸《すん》さがってみました。すると、どうやら、むねから下がじぶんのものだという気がしました。だが、そうなると、こんどは、首のすわりぐあいが、じぶんのものではないように思われました。

すきまから、たましいは、はいずりあがって出てきました。

「どんなぐあいでございましたか。」

銅《どう》ぞうの台座のそばに、しゃがんでまっていた風が、そう声をかけました。

「どうも、おかしい。これが、わしの銅《どう》ぞうとは。」

と、たましいは見なおすように、銅《どう》ぞうのすがたを見ました。そとから、ちょっと見たとところでは、銅《どう》ぞうは、いかにも、じぶんに、にているようにみえました。

「どうも、おかしい。かおや形は、にているが。」

たましいは、そう、つぶやいて、小首をまげていましたが、

「どうも、わしには、わからない。」

そういって、くさめをしました。

「ばかにひえるな。しもが、ふるかもしれないぞ。さあ、もうかえろう。」

大将《たいしょう》のたましいは、くらい風をうながして、いっしょにとんでいきました。おそい月が出かかっている夜なかのことでありました。やしきの中の人たちは、ひる間のつかれで、みな、ぐっすりとねむっていました。


たましいは、もう二どと、銅《どう》ぞうをたずねてまいりませんでした。銅《どう》ぞうだけが、その庭に、しょんぼりとして、たっていました。もう一つの銅《どう》ぞうも、まもなく、べつにできました。それは汽車にのせられて、えんぽうのいなかの町におくられました。

大将《たいしょう》のりっぱな銅《どう》ぞう、けれども、首とからだとを、べつべつな人で作った、おかしな銅《どう》ぞう。

それが、いまでも、公園の山の上に立っていましょう。

いかめしく、下の町を見おろしながら——いえいえ、なんにも見えないのに、まるで、なにもかも見えるように、その目を二つむけながら。

（旧題＝「大将の銅像」）

からかねのつる

　ある公園の池のなかでありました。からかねの台の上に、一羽のつるが立っていました。二つのつばさを大きくひろげ、ほそながい首をのばして、くちばしからは、きれいな水を、しゃあしゃあと、ふいていました。

「みなさん。このつるは、もちろん、生きてはおりません。」

と、わたくしが、いおうものなら、みなさんは、みな、おわらいになるでしょう。

　池の中には、あひるがいました。羽の毛いろのうつくしいおしどりも泳いでいました。これらの鳥は、ふんすいのこまかなきりにぬれながら台のまわりを泳いでいました。それから、ときどき、水鳥どもは、その台のふちにあがって、それぞれじぶんのくちばしで、羽の下をつついたり、むねのあたりをなでたりしました。

　からかねのつるとちがって、これらの鳥は、ほんとうに生きていました。水鳥どもは、日がくれて、ねむるときがくるまでは、いつも目をあけていました。そして、その公園にくる人たちが、いちどは、きっと、池のそばまでやってきて、立ちどまるのを見ていました。

「きょうも、ぞろぞろやってくるね。」

「うん、きょうは日よう日だよ。見たまえ、いまに、もっとたくさんやってくるから。」

「いくら来てもいいんだが。でも、人間は、ずいぶんなかまがあるんだね。」

「そりゃあるとも、かぞえきれるものじゃない。」

水鳥どものささやくこえが、もしきこえたなら、こんな話をしているのかもしれません。だが、ふんすいのつるだけは、どんなときでもだまっていました。水は、あとからあとからと、のどいっぱいにあふれながらのぼってきました。そして、それが、やすむときなく、くちばしから、しゃあしゃあと、ふきあがるのでありました。

ひるも夜なかも、つるはそうして、ただ、水をふいているのでありました。

ある、あたたかな晩《ばん》でした。

床《とこ》にねてから、わたくしは、しらないうちに公園をあるいていました。夜がふけかけて、じぶんのほかには、だれもあるいているものが、いないようでありました。池のなかの水鳥どもは、くさむらのかげにかくれてねむっていました。池のそばまで来たときに、ふと、わたくしは、ばさばさと羽ばたく音をききました。見ると、おや！　ふんすいのつるが、とぼうとしています。びっくりして、わたくしは、

「あっ！　とぶ。とぶ。」

とさけびました。つるのあしは台からはなれて、大きなからだは、ぼたんの花のゆれるようにゆらゆらと舞《ま》いあがりました。――そのとき、つるは、いつのまにか、雪のようなまっ白いつるでありました。

目をまるくして、わたくしは立っていました。つるは、羽をうごかしながら空をのぼっていきました。空には、一つ、お月さまが出ていました。つるのすがたは、だんだん小さくなりました。けれども、そのとき、おもいがけなく、わたくしの目は、そのつるよりももっと小さな三羽のつるを見つけました。それは、たがいに鳴きながら、とおい遠い空のむこうをとんでいくのでありました。わたくしは、すぐ、池のつるが、三羽のつるを見つけたのだとさとりました。そう、さとって、三羽のつるのいくほうへとんでいくつるのすがたをいつまでもながめていました。

つぎの朝、わたくしは公園にいってみました。いくとちゅう、

「おかしなゆめだった。」

と、ひとりごとをいいました。

公園の池のなかには、いつものように、からかねのつるが、しっかりと立っていました。いつものようにふんすいは、そのくちばしから、高くのぼって、あたりに、きりをとばしていました。

けれども、黒いつるのすがたを、ひと目見たとき、わたくしは、ゆうべのゆめが、ただのゆめでもないようにおもわれました。

「つるよ。つるよ。とびたくないか。」

そう、わたくしは思いました。そのくちばしから出る水は、ほんとうに、つるのむねからわきあがる思いのようにおもわれました。

（旧題＝「噴水の鶴」）

まぼろしの鳥

ひとりの男が、公園をあるいていました。日ぐれの雲が、空のむこうにもえていました。ある木の下をとおるときに、あたまの上で、ぱさぱさと羽のすれあう音がしたかとおもわれました。男は、あたまをあげました。木は、こんもりと深くしげって、ひるまでさえも、空のあかりを見すかすことができないようにみえました。それでしたのに、もう夕やみがなにもかもつつんでしまうときでしたから、木の間のしげりは、いっそう暗くみえました。

「小鳥よ。小鳥よ。」

男は、そっと、むねのなかでよびかけました。すると、小鳥が、こたえました。

「わたしのすがたは見えません。」

「見えないって？　さがしてみたら、見つかるよ。」

「いえいえ、そこらをさがしても。」

「それは、おかしい。」

「おかしいことはありません。わたしは、すがたがありません。」

「だって、いま、はばたく音がしたではないか。」

「たしかに、わたしは、はばたきしました。わたしも、つばさがございますもの。」

「つばさだって。どうも、おかしい。すがたがない、といったじゃないか。すがたがないなら、つばさのあろうはずがない。いったい、なんという鳥か。」

「名もありません。」

「そんなら、聞くが、おまえさんは生きているのか。」

「ええ、生きていますとも。」

「なにをたべて生きているの。」

「べつに、なにもたべません。」

「いよいよおかしい。わからない。おまえさんは、どこから来たの。」

「ひろい広い海をわたって。たかい高い山をこえて。」

「そうして、それから、どこへいくの。」

「ひろい広い海をわたって、たかい高いを山をこえて、あるときは、あおい青い空にものぼっていきました。とおく遠く、ずっととおく、空のなかまでふかくはいっていきました。

二つのつばさは、しっとりと空の青さにぬれました。それから、夜のやさしい星のそばまでも出かけていって、ついには、星をついばむこともできました。」

「そんな鳥が、いるものか。そんなことが、できるものか。」

「おっしゃいますな。ここにいるではありませんか。」

「なにをいうのか、わからない。そんなら、きくが、おまえさんは、どこにいる。いったい、どこにすんでいる。」

「まっていました。そう、おききくださることを。わたしは、あなたのむねのなかにすんでおります。手をむねにおあてになって、おもいだしてみてください。」

ぱさぱさと、やさしい羽おとが、もういちど、きこえたようにおもわれました。小鳥は、くらい木立のなかからとんでいってしまったようにおもわれました。そう気がついて、男は、はじめてわかりました。

むかし、じぶんも子どもであったということを——。そのころのむねのなかに、たしかに小鳥が、すんでいたということを。

男は、しずかにベンチに、こしをかけました。ひとりだけ、夕空のしずかな雲に目をむけながら、その目になみだをうかべました。


（旧題＝「まぼろしの鳥」「見えない小鳥」）

南からふく風の歌

さむいさむい冬のあいだ、北風は、ちからいっぱいふいていました。

空から空へ、海から海へ、ひゅうひゅうとふきたてながら北風は、いっしょうけんめいに、じぶんの子どもをそだてていました。

風の子ども——と、いうならば、やっぱり、それは小さな風かと思われましょうが、小さな風ではありません。

それは、大きな氷山で、かどが、するどく切りたっている氷の山でありました。氷の山は一つだけではありません。いくつもいくつも、ならんでいました。それらが、やがて、しおのかげんでながされて、くらい、つめたい北国の冬の海から、だんだんに南へむかってうごいていくのでありました。そうするうちに、氷の山の一つがそっとひかってくると、それにつづいて、そばにいならぶ山々までも、ひかってくるのでありました。

ちらちら、ちらちら……

ました。

「山がひかって、それから海もひかってくる。」

「そら、見ろ、山がひかってきたぞ。」

ある日、二ひきの白くまが、氷の山のたいらなところに立ちながら、こんな話をしていました。

そのお話を、北風は、耳さとく、ききつけました。

「なるほどな。子どものあたまや、かたのあたりが、すこしちらちらするようだ。オーロラの光のせいではないようだ。白くまどもが、そういうからには、太陽が、そろそろこちらへやってきたのにちがいない。どれ、それじゃ、これから、つれて出かけよう。」

そう、北風は思いました。北風は、どんなときでも、じぶんの子どもをじまんのたねにしていました。大きく、つよく、そだてた子ども、しかも、そのうえ、ぴかぴかとひかるであろう子どものすがたを、だれにも、かれにも、見せてやりたく思いましたが、なかでも、空の高いところで、ひかりかがやく太陽に見せたいものだと思いました。

「さあ、出かけよう。したくをしろよ。」

そう、北風は、いならぶ子どもにいいました。

「どっちへ、いくの。おとうさん。」

と、ひとりの子どもが、ききました。

「南のほうへ、いくんだよ。」

「南のほうって、どっちなの。」

と、べつな子どもが、ききました。

「へん、南も北も、しらないのかい。」

　北風のおとうさんは、青い目をちらちらさせて、

「あっちのほうだよ、南とは。あっちの海には、船という、おかしなものが、いったりきたりしているよ。ところどころに、みどりの島があるんだよ。船にも、島にも、人間という生きものが、たくさんいるのさ。ちょこちょこしている小さなもので、そうさな、ちょっと、なんきょくのペンギン鳥といったぐあいさ。その生きものは、きっと、なんだよ。おまえたちのすがたを見たら、びっくりするよ。」

　そう、北風のおとうさんは、いくらか、すましていいました。

「見たいなあ、早くそいつを。」

「かけていこうよ。」

　子どもらは、てんでに、からだをゆすぶって、こしのまわりの波をぴちゃぴちゃさせました。

氷の山をひきつれながら北風は、北のほうの海を出ました。氷の山は、北風の子どもでしたから、まだ、だれも南の海をしりませんでした。けれども、そこは、めずらしい、たのしいところにちがいないとかんがえて、心も、からだも、うきたつようでありました。山と山とは、ずんずんと海をながれていきました。げんきをだしてかけながら、ちからじまんの北風は、つめたいいきを、ひゅうひゅうと子どものからだにふっかけました。

「ああ、おもしろい。おもしろい。なにもかも、ぐるぐるまわる。どんどん走る。」

そう、山々は、いいました。

しばらくは、海をわたっていくうちに、ちからじまんの北風も、へとへとになってきました。まわりの空気が、なまあたたかく思われて、呼吸《こきゅう》がくるしくなってきました。それといっしょに、つめたい氷の山々も、なんだか、からだが、ほてってきました。あせが、たらたら、あたまから、かたからたれて背《せ》すじをながれだしました。ふと、そのときに、北風は、むこうをとおる船を見つけて、いいました。

「そらそら、あれだよ、船というのは。よく見てごらん。」

「なんだい、あれか。小さなやつだな。」

「ぶつかって、くだいてやろうか。」

「生きものが、のっているかい。ペンギン鳥ににたやつが。」

子どもたちが、とくいになって、かってなことをいうのをきいて、北風は、わらいながらいいました。

「いるとも、小さな、そいつらが。いまに、見えるよ。かんぱんのところに、ちらほら出てくるよ。だが、そのまえに、ひゅうひゅうとふいてみようよ、おまえらを。」

北風は、いたずらごころをおこしました。ちょっとのあいだ、ありたけのちからをだして、子どもらをふき走らせてみようとしました。どんなに、きばって、いせいよく、子どもらが走るであろうか。そのありさまにおどろいて、むこうの船が、どんなにあわててにげるであろうか。

それっとばかり、北風は目をむきだしてふきつけました。氷の山は、われもわれもと船をめがけて突進《とっしん》しました。

けれども、船には船長さんがのっていました。きかん士ものっていました。汽船にのって船長さんは、そのへんの海を、なんども、いったりきたりしていました。氷山が、どこを、どう、ながれてくるのか、ながれてきたのに出あったら、どんなぐあいによけたらいいのか、ちゃんと、もうしっていました。きかん士も、また、よく、そのことをのみこんで、おちつきはらってのっていました。

そういうちえのあるものたちが、のっているとはしりません。そののりものを、こっぱみじんにくだいてやろうと、氷の山の子ども同士は、いきおいこんで突進《とっしん》したのでありました。

汽船は、うまくにげました。

あてがはずれて子ども同士は、よろめきました。たがいにぶつかりあいました。あっというまに、ひびきをあげて山と山とはぶちわれました。かけらは白くとびはねて、ばらばらにちらばりました。空からまぶしい太陽が光をなげて海はかがやき、波のおもては、あたたかくなっていました。北風は、どうしたことでありましょう。あまりのことにおどろいて、そのまま、ふっつり、海へでもおちてしまったのでしょうか。あるいは、そうかもしれません。もうもう、そこには南の風がふいていました。

南の風は、とけていく氷の山のかけらを、やさしくふきなでながら、波といっしょにうたいました。

なくな　なげくな
氷のかけら
われてとけても　もとの水

もとの水でも
気をつけなされ
ちからじまんは　身のおわり

投げられたびん

一

ある川の舟《ふね》の上から、ビールびんが、なげられました。びんは、あっと思うまに、ざんぶりと水のなかにくぐりましたが、また、ぽっかりと水のおもてに浮《う》きました。浮《う》きあがる時、びんは水を飲みました。べつだんに水にむせびもしませんでした。水はからいこともなく、すっぱいこともありません。ただ、なまぬるくて、どこやらにもぐさの味と、ふなと、どじょうのにおいがしました。びんの中には、ビールが少しのこっていました。さよう――コップにあけてみたなら、コップの半分ぐらいまで、あったことかもしれません。水が、そのビールにまじると、美しい、貴族《きぞく》的な金いろは、たちまち薄《うす》くなりました。けれども、びんは、それを悲しみませんでした。むしろ、かえって、おちつきはらってみえました――なぜかなら、ビールに水がくわわって、びんは肩《かた》のところまで、水の中にはまりました。それは、自分に、おもいがけないことでした。水のなかではあきびんは、うかされかげんであるものを、いまは、しっかと腰《こし》がすわって、おちつくことができました。

まったく、何が、身のためになるか知れない――この世の中というものは。

ところで、びんは、びんでしたから、なんのために、自分のからだが落ちついたのか、ちっとも分かりませんでした。ただ、水に入ってからのおちつきを、もうけものにおもいながら、ひとりごとをいいました。

「水ぐらい飲んでもいいさ。むしろ都合《つごう》がいいわけさ。もう、こうなれば、誰《だれ》だっておれのビールは飲むまいからな。もう、そうなれば、のん気なものさ。こうして流れて行くだけさ。誰《だれ》かが、おれを見つけても拾いはしまい。こんなビールを、いやさ、ビールか何か、わかりはしないあやしいものを、だれも飲む気はしなかろう。」

びんは、それから、ひとり気らくに、川をながれて行く身の上を思ってみました。人間の手が、ふたたびと自分のからだにさわることがないであろう。また、なめらかな自分の肌《はだ》に、人間の顔がゆがんで、ひらべったくうつることもないであろうと、思ってみました。人間の話しごえから、足おとから、今ははなれて、ぶらりぶらりと水のまにまに流れていく。あたまの上には、ただ青空が、あるばかり……

二

ちょうど真昼の太陽は、あたまの上に照っていました。ビールびんは、肩《かた》までも水のなかにひたっていながら、あたまのさきがやけるようにおもわれました。けれどもいくら暑くても、こらえているよりほかはない。うっかり横になろうものなら、すぐに水を飲みこんでしずんでしまう。それは、そうおもうだけでもこわいことでありました。びんは大いに気をつけながら、ある洲《す》のそばに近づきました。そこには、まこもが、たくさんに生えていました。風が、まこもの上をわたると、さやさやと軽い葉ずれの音がして、どこへともなく消えました。

びんは、また、ある洲《す》のそばを過《す》ぎながら、やや広い水のおもてに出ようとしました。すると、そのとき、波のあいだを、小さな者が、ついついと泳いできました。羽の黒い水鳥でした。水鳥は、すぐに声をかけました。

「誰《だれ》だい、君は。」

だしぬけに、きかれてびんは、少しばかりあわてたように言いました。

「ビールびんだよ。めずらしい物ではないよ。ところで、君は。」

「もぐっちょさ。」

と、鳥は、すまして答えました。

「水のなかを、もぐるからかい。」

「まあ、そんなものさ。」

もぐっちょは軽くこたえて、びんのあたまを、ちょっと突《つ》ついていいました。

「そうやって、君は、どこまで行くんだい。」

「あては、ない。波のまにまに流れているのさ。」

「じゃ、君は、泳げないのか。」

「手足がないよ。」

「じゃ、君は、ステッキの仲間なのかい。」

「おやおや、それじゃ、あんまりだよ。」

と、答えてびんは言いました。

「へんてこな姿《すがた》に見えても、自分を捨《す》ててはいないのさ。」

「それはまた、どういうわけかい。」

「たとえ、捨《す》てられようとも、いや、じっさいに、ある人間に捨《す》てられたんだが、それだからとて、ぼくは、まだ、自分で自分を捨《す》ててはいない。自分を捨《す》てるということは、もっとも大きな罪《つみ》だからね。」

「ふん、しかし君、心ぼそいとおもわないかい。あてもなく流れていくということはずいぶん不安な話じゃないか。」

「そうは思わない——ぼくのからだが、ぐあいよく、水に、はまっているせいか、ちっともそんな気がしない。」

「そんなら、いいさ——とにかく、気楽に、気を大きくして行きたまえ。救われるかもしれないよ。それじゃ、君。」

「ああ、さようなら。」

もぐっちょは、また、ついついと水を泳いで、洲《す》のかげに、黒いからだを、ちょろりとかくしてしまいました。

三

なん時間、ながれたのでしょう。びんのうすいペーパーは、いつのまにか取れてなくなっていました。夕ぐれになってきました。かげっていく日が、まこものかげを水の上にひいてきました。まこものすきからもれる光が、びんの頭にさしました。ビールびんは、頭の先のひと所、ちらちらと、輝《かがや》くようなものがあるのに気がつきながらおちていく日をまぶしそうに眺《なが》めていました。そのうちに、川の上を吹《ふ》く風が、だんだんと涼《すず》しくなって、まこもの色が青黒くなってきました。ふと、その時に、ろの音をたてさせて向こうから、一つの舟《ふね》があらわれました。舟《ふね》には、ひとりの船頭さんと学生がただひとり乗っていました。川はばが大きくなって水が深くなったのでしょう。船頭さんは力をいれて、ろをこぎました。舟《ふね》は軽く水のおもてをすべるようにみえました。舟《ふね》が次第にすすんでくると、波にゆられて、びんのからだも揺《ゆ》れました。

舟《ふね》は、びんのそばに来ました。舟《ふね》のなかの学生は、ビールびんに目をとめました。びんは舟《ふね》から一メートルは離《はな》れていました――たとえ、手をのばしても届《とど》きません。

学生は、両手を胸《むね》に組んだまま、だまってそれを見おくりました。びんもまた、その学生を見おくりました。びんは、ふしぎに、その学生の顔つきから親しみを感じることができました。かつて一度も身に受けたことのない、ある親しみでありました。

「どうしてだろうか――おれのビールを飲んでしまうと、かってにおれを捨《す》ててしまう。人間は、みな、そんなふうにあっさりしている。それなのに、あの学生は、そんなふうにも思われない。どうしてだろうか――」

しかし、それを深く思ってみないうちに、だんだんに舟《ふね》ははなれて、学生の姿《すがた》は小さくなりました。

夕雲が、ふと、花環《はなわ》のように空のはてに燃《も》えていました。びんは、おどろいてそれを見ました。酒屋の店に、ほこりだらけな仲間のびんと、並《なら》んでばかりいましたびんは、生まれて始めて、それを見たのでありました。びんは、それをうつくしい花であると思いました。花はまもなく、うすれてきえてしまいました。けれども、びんは、それが消えたのではなく、何かが、それをかくしたのだと思いました。そのような美しい大きな花が、そんなにたやすく消えてしまうということは、びんには、とても、想像《そうぞう》のつかないことでありました。

「また、出てくるにちがいない。」

びんは、そう思って、空のはてに目をやりながら、いまは光のきえていく川のおもてを、波のまにまに行きました。

雲の花は、二度とあらわれませんでした。空はだんだんとくらくなってきました。星が、しずかに光ってきました。水の上のびんにとっては、その空が、また、おもいがけない、ふしぎなものでありました。

それは、酒屋のひさしの下から、見えた空とは、ちがっていました。

それは、ほんとうに、ひろびろとして美しい、星の空でありました。

けれども、じっと、それをながめているうちに、めくらのようなあわれな星が見えてきました。ある星は、わらっていました。また、ある星は、ねむっていました。また、ある星は、いつまでも、ひとつ所にすわっていました。いくつかの小さな星は、かわるがわるに飛んでは消えていきました。

びんは、それらを目もはなさずに見ていました。自分のからだが、どこか高い所にあって、そこから下の遠い世界を見ているような気がしてきました。

「あの星たちのいるなかへ、もしか落ちていったなら。」

と、びんは、ふっとおもいました。

「水がこぼれて、そこに並《なら》んでいる星が、いくつか消えてしまうだろう。星たちは、どんなにびっくりするだろう。」

夜の風がしめってきました。水も冷たくなってきました。びんは、それに気がつきました。自分のからだが、ちぢむような気がしました。そのうちに、まこもの上の空がほのかに明るくなって、だいだいいろの月がしずかに上ってきました。

けれども、びんはつかれていました。うとうととなってきました。そうして、月に照らされながら、いつか、ねむっていきました。

四

舟《ふね》の上から、ビールびんを見ながら過《す》ぎた学生は、町の宿屋に着きました。町の夜を散歩してから宿屋にもどって、学生は、二階にふとんを敷《し》いてもらって寝《ね》ころびました。電《でん》気《き》燈《とう》を消しました。窓《まど》はあけてありました。青白い月の光は、そこから入って、うす青いかやのすそにおちました。学生は足をのばして、あお向けになったまましばらくだまっていましたが、ふと起きあがって、かやから出ると、電《でん》気《き》燈《とう》をつけました。そして、手帳をとり出して書きつけました。

ビールびん――
ただよう水の旅人よ
さみしくないか

人の世の
旅人もそれを感ずる

けれどもそれにこらえて行こう

ぼくは人間
君はビールびん
けれどもちがう二つのものも
一つになれる時がある

しずかに思う
この目には
君のあたまが光って見える

夢《ゆめ》を見ながら君は行く
しめやかな月の光に
ぬれている夢《ゆめ》

それを知るもの

のぞくもの――
ぼくとそれから白い羽虫

一方、川のビールびんは、夜中ごろに目がさめました。月は、空に小さくなって、光は波にとけながらちらちらとおどっていました。びんは、ふと、あたまのふちの光る所に、羽の白い一匹《ぴき》のがが、とまっているのを見つけました。夜のあけるまで、がはそこにとまっていたかもしれません。びんが目をさました時は、がはもういなくて、朝風のふく洲《す》の上に、太陽が、のぼるところでありました。

五

ビールびんは、どうなりましたか。
川の底に、しずんでしまったのでしょうか。それとも、どこかの誰《だれ》かにひろいあげられて――たとえば、川べりのお百姓《ひゃくしょう》の子供《こども》に拾いあげられて、台どころの油びんにでもされたでしょうか。日がたち、年がたちました。びんが、もし、壁《かべ》のきわにおかれているときに、ふと、その壁《かべ》に古新聞がはられていて、その新聞に前のような詩が記されていたとする。そして、それがそのびんに読めたとしたなら、びんは目をまるく見はって、読みかえしたかもしれません。

ひらめの目の話

暑い日に、海のひらめが、ひらひらとおよいでいました。ひらめも、からだを縦《たて》にしておよいでいました。けれども、からだが、うすかったので、波にもまれているうちに、だんだんにつかれてきました。それで、しぜんと下にしずんでいきました。しずむと、下に大きな岩がありました。岩には、もぐさが、いちめんにはえていました。けれども、そこは、うすぐらく、水の力もおだやかで、気もちが、おちつくばかりではなく、すずしくて、からだぜんたいが、ひえるようにおもわれました。

「なんとよい所であろう。別世界だな。」

ひらめは、たいそうよろこんで、白いからだをぐったりと横にしました。すると、ふいに下がわの目が、よびかけました。

「だめだよ、だめだよ。ぼくは、なんにも見えないよ。」

「しばらく、しんぼうしておくれ。」

と、ひらめが答えていいました。

「そういったって、この目のまわりが、ざらざらして、この目の玉が、かゆくてかゆくてならないよ。」

「そこを、こらえていておくれ。」

「いやだよ、がまんが、できないよ。目がつぶれても、いいのかい。」

目が、つぶれては、たまりません。ひらめは、あわてて寝《ね》がえりをして、下のほうを上にしました。すると、こんどは、べつの目が、よびかけました。

「だめだよ、だめだよ。ぼくも、なんにも見えないよ。」

「しばらく、しんぼうしておくれ。」

「そういったって、この目のまわりが、ざらざらして、この目の玉が、かゆくてかゆくてならないよ。」

「おなじことをいうではないか。ちょっとのあいだ、そこを、こらえていておくれ。」

「いやだよ、がまんが、できないよ。目がつぶれても、いいのかい。」

おなじように、そういわれると、ひらめは、いそいで寝《ね》がえりをして、もとのとおりになりました。するとすぐに、さきの目が泣きそうな声をしました。

「いたい、いたい。かゆい、かゆい。」

ひらめは、そこで寝《ね》がえりをして白いからだを横にしました。すると、やっぱり、あとの目が、おこったようによびかけました。三べん、四へん、五へん、六ぺん、七へん、八へん、ひらめは、なんども寝《ね》がえりをうっていました。そうやって、しまいにねむってしまいました。

「おきてください。おきてください。」

そう、いいながら下の目は、ひらめをよんでいましたが、なんどよんでも、おきないのを見て、泣きだしながら、もう一つの目によびかけました。

上の目は、そのとき、うとうとしていました。けれども、下からよばれると、目を見ひらいて、へんじをしました。

「なんだい、下の目。」

上の目もまた、かげのところに自分とおなじ目が一つ、ついているのを知っていました。

その下の目が、いいかけました。

「ほかではないが、岩にぴったりおしつけられて、ぼくは、なんにも見えないよ。きみにだってわかるだろうよ。」

「うん、わかるとも。」

「見えないばかりか、ひえて寒くてしようがない。岩のつめたさ、ぼくは、こおって、このまま氷になりそうだよ。」

「なるほど、そうかもしれないな。」

「かりに、きみが運がわるくて、からだの下になったとしたまえ。ぼくのようにこまりはしないか。」

「そうなれば、ぼくも、こまるさ。」

「どうだろう。ぼくも、ひとつ、そちらがわにひっこしたいが。きみとぼくとは、おなじ目だもの、一つ所にならんでいたって、わるくもなかろう。」

「それは、そうだが……」

そう、いって、上の目は考えました――下の目が、そちらがわから、こちらがわにと移《うつ》ってきては、おかしなものになりはしないか、こっけいに見えはしないか。

けれども、いっぽう、おしつけられていることは、しかも、そのうえ、ひえてこおってしまいそうだということは、苦しいことにちがいない。

「よかろうよ、やってきたまえ。」

「そうか、それは、ありがとう。」

しばらくたって、海のひらめは目がさめました。すると、どうしたことであろうか、目が二つとも、ひとつ所にならんでいました。ひらめは、びっくりぎょうてんしました。それから腹《はら》をたてました。

けれども、ひらめは、寝《ね》るまえに、そっち、こっち、と、なんべんも寝《ね》がえりしました。それでしたから、どちらのがわを下にしてねむっていたのか、どうも、はっきりしませんでした。つまり、どの目が移《うつ》ってきたのか、わかりません。考えましたが、わかりません。

しかたがなくて、そのままにしておくことになりました。もし、さかなやの店さきに、ひらめが出されていましたら、よく、その顔をごらんください。

（旧題＝「ひらめの目」）

町にきたばくの話

ある町の、ある家の小さなへやでありました。そこに、ひとりのおさない子どもがねむっているかとみえました。その子の胸《むね》には、大きなもようのついているひとえがかけてありました。家の中は、たいそうしずかで戸が開けはなしになっていました。すると、そこからのぞいたものがありました。だれでしょうか。それは人ではありません。ねこでも犬でもありません。どこか、ちょっと、くまのようでもありましたが、それは、くまともちがっていました。

ばくという、きみょうなけものがいるでしょう。ゆめを食うけものといわれて、むかしから、ばくは、世間の人たちにふしぎがられて生きてきました。いま、そのばくが、どこからか、ふいに出てきて、子どものゆめを食べようとしているところでありました。

子どもは、パンのゆめを見る。

子どもは、乳《ちち》のゆめを見る。

子どもは、花のゆめを見る。

子どもは、バナナのゆめを見る。

子どもは、きんぎょのゆめを見る。

それから、おかしのゆめを見る。子どもが、ゆめに見るものは、たくさんたくさんありました。お月さま、お星さまのゆめも見ました。子どものゆめは、やわらかで、いつも、おいしいにおいがしました。ばくは、それを知っていました。それで子どものいる家をさがしあるいて、こっそりと子どものゆめを食べていくのでありました。


さて、戸のかげから、ばくは、いま、中にはいると、しのび足して子どものそばによってきました。ばくは、たいてい、まくらのそばに二メートルもちかづくと、ねている子どもが、どんなゆめを見ているのか、よくわかるのでありました。それでしたのに、そのときは、それがすこしもわかりません。

ばくは、ふしぎに思いました。ねているものが、ほんとうにねむっているのか、そうでないのか、ひとつ寝息《ねいき》をたしかめようと足をとめ、首をさしのべ、耳をすまして、うかがいました。

そのときに、ふと、足音がきこえてきました。そのへやに、だれか来るのがわかりました。ぼくは、すばやくからだを板のようにして、かべと、たんすのあいだのすきまに、そっとはいっていきました。ぼくは、いつでも、からだを細く、それから小さく、おもうとおりにちぢめることができました。

へやに、女が、はいってきました。まだ若《わか》いおかあさんでありました。

おかあさんは、うすいひとえを取りのけて、ねている子どもをだきあげました。

「まあ、よくねんねしましたね。」

けれども、子どもは、なんとも声をだしません。

「さあさ、お乳《ちち》をあげましょう。」

おかあさんは、そういって、ちぶさをだして口もとにあてがいました。けれども、子どもは口を動かしませんでした。ただ、黒い目をぱっちりとあけっぱなしで、じっと、どこかを見ていました。

「……お乳《ちち》なんか、もうのまないのね、ぼうやは、ことし、三つなの。三つだったわ。」

おかあさんは、そうつぶやいて、おかしなしぐさに自分から気がついたのでありましょう。ふところにちぶさをしまって、そっと、うしろをむきました。だれものぞいていませんでした。ため息をして、おかあさんは、子どもをたたみにおきました。かたりと、かるい音がしました。ぼくは、はじめて気がついておどろきました。へやに子どもがねているものと、そうばかり思っていたのに、それはちっとも子どもではなく、人形なのでありました。

「これは、どうしたことなのか。」

ばくは首をちぢめたきりで、こっそりと、たんすのかげから、おかあさんのようすを見ました。おかあさんの目つきは、遠く空のむこうにむけられて、ひとつところを見ているように見えました。目がぬれて、ひかってきました。あついなみだでありました。ばくは、それを見つけたときに、その、わけが、すぐにわかってしまいました——子どもに死なれたおかあさん、子どものことがわすれられずに、かなしんでいるおかあさん。

そのようなおかあさんは、世の中に、なん人いるのか、わかりません。それは、ばくにもわかっていました。けれども、ばくは、いま、そのような、かなしい顔をはじめて見たのでありました。

「この世の中で、これが、いちばんかなしい顔にちがいない。」

と、ばくは心におもいました。たんすのかげから、そっとのぞくと、おかあさんは、うつむいて、手をひざにのせていました。人形は、ただ、そのそばにおかれぱなしでありました。自分のこともわすれてしまっているように、おかあさんは、なみだをながして泣いているのでありました。

「いくら泣いても、死んだ子どもは、かえらない。いったい、どうしたものだろう。」

ぼくは、けものでありました。けれども、ぼくも、ひとつの心を持っていました。おかあさんの心をおもいやりました。どうかしてなぐさめてやりたいものだと考えました。けれども、なかなかよいかんがえが、うかんできません。ところをかえてゆっくりとしあんをしようと、ぼくは心にきめました。おかあさんが、なみだをふいて、立ってへやから出ていくと、たんすのかげからぬけだして、窓《まど》のところに前足を二つちょこんとかけました。窓《まど》は、からりとあいていました。あと足に力をいれてはねたとおもうと、ぼくは、もう、あかるい外におりたちました。道はかわいてやけていました。かき根のそばに咲《さ》いているひまわりの黄いろい花は、ほこりにまみれ、葉は、ぐったりとしおれていました。太陽の光をすって、やねのかわらは、あつくてさわられそうもなく、どこの家でも人たちは、ひる寝《ね》の時かとおもわれました。犬までも、日かげにからだをなげだして、正体もなくねむっていました。それほど暑い、どこかの町でありました。町なかを、だれもとおっていませんでした。それでしたから、ぼくのすがたを、だれひとり見つけたものはありません。ぼくは頭をさげながら、考えつづけて町のとおりをつぎからつぎと歩いていました。

町のはずれのせまいとおりになってきました。そこまでくると、むこうから、ひとりの人が歩いてきました。おじいさんで、白いひげをはやしていました。ふるぼけのむぎわらぼうを頭にのせ、両手をかけて小さな車をおしていました。小さな車は、うば車で、その車もまたふるぼけてよごれていました。だれもそれに乗ってはいません。赤や青や、むらさき色の風船玉が、糸でそれぞれ車のふちにつながれて、まるくふくれて、ふらふらと車といっしょにゆれてくるのでありました。

「風船売りのおじいさんだな。この暑いのに、よく歩いている。けれども、子どもは見あたらない。玉は、売れはしないだろう。」

と、ばくは思って、おじいさんのくるほうへ、そのまま歩いていきました。おじいさんと、ばくとは、たがいにちかよりました。おじいさんと車とのかげ、ばくとのかげが、くろぐろと白っぽい道の上にうつりました。

「こんにちは、おじいさん。」

「やあ、こんにちは、ばくさんか。」

おじいさんは、立ちどまって、ばくを見ながらいいました。

「日ざかりのひる寝《ね》どきだよ。だれもかれも寝《ね》ているだろう――ゆめを見て。ゆめは、どっさり食べきれまいが。」

「いえいえ、一つも食べていません。」

「どうしてかい。」

「考えごとをしながら、ずっとここまできました。ひとつ、話を聞いてください。」

「ほう、おまえさんのお話か。」

「暑さにうだって、みんな、ぐったりねむっているのに、この町なかに、ひとりの女がおきていました。子どもをなくして泣いているのがわかりました。かわいそうでなりません。どうかして、泣くのをやめさせ、力をださせてやりたくて……」

「それで、考えごとなのか。」

おじいさんは、まじめな顔になりました。

「そうか、そうか。うれしいよ。ぼくは、ゆめだけ食べていて、それっきりのものだとばかり思っていたが、そのような心があるのか。わかったよ。わしは、こうして歩いているが、ただのものでもないつもり。さあ、この玉を一つあげよう。」

おじいさんは、そういって、風船玉の青いのを一つはずして、いいました。

「ほかの玉は、ただの玉、だが、この玉は、ちがう玉だよ。おかあさんが、夜ねるときに、この玉をまくらのそばにおいておやり。玉の中には、ふしぎなゆめが入れてある。おかあさんがねむってしまうと、そのゆめが、ねむりのなかにあらわれる。そうして、ゆめが、さめるといっしょに、その玉も、ふっつりきえてしまうのじゃ。」

「それは、どんなゆめでしょうか。」

と、ふつうのものなら、ためしに、いちど、聞きたくなるかもしれません。けれども、ばくは、そのように聞くのをわすれてしまいました。おもいがけなく、ただ、よい玉をもらえることをよろこんでばくは、なんどもお礼の頭をさげました。玉をもらって、糸をくわえて、とことことかけだしました。町のはずれは、まもなく森になっていました。ばくは、そこからまっすぐに、森にはいっていきました。

森では、せみが鳴いていました。

「ここは、すずしい、夜になるまで、ここにじっとかくれていよう。こんな玉を口にくわえて歩いていては、きっと、だれかに見つけられる。」

と、ばくは自分で用心しました。

日がくれて、夜がきました。森の中は、くらくすずしくなりました。人たちは、ひる寝《ね》の時をゆっくりすごして、みんな、目がさめ、みんな、げんきをもどしていました。しずかな町は、活気づき、あかりがついて、そこにもここにも笑う声、話の声がしていました。そうするうちに、月が森からのぼってきました。うす青い月の光は、人たちの顔や背《せ》なかにさしました。夜がふけるまで人たちは話していました。もっと、夜ふけがすすんでいくと、すずみの人も、つぎつぎと家にはいって、町なかは、また、ひっそりとなってきました。月は、もう高いところに小さくかかって、草の葉は、しめってきました。ばくは、そのころ森を出ました。口には、ちゃんと、ひるまの玉をくわえていました。月の光が玉にもさして、なめらかな玉のおもてをいっそう青く見せました。そう思って、ふと気がつくと、玉のおもてに、ふしぎなものが見えました――ほたるの火よりも、もっとこまかな、まっかな玉が、いくつもかさなりあうようにうつっているのでありました。ばくは、いっとき、道にとまって、玉のおもての小さな玉を見ていました。そのあいだ、小さな玉は、ちらちらとうつり動いて、ばくの目の黒いひとみに、もっと小さくやさしくうつってみえました。

ばくは、まもなく、さっきの家の戸口のまえにあらわれました。戸は、かたくしまっていました。けれども、ばくは、からだを板のようにして、わずかな窓《まど》のすきまから、影《かげ》が、すべっていくように、そっとはいっていきました。

おかあさんは、ねむっていました。かなしみで顔はやつれてしまっていました。ほおには、ふたすじ、なみだのあとが見えました。

「かわいそうに。では、おかあさん、よいゆめをごらんください。」

ばくは、そう心に思って、風船玉をおかあさんのまくらのそばにおきました。おかあさんは、ひそやかにねむっていました。

ぼくが、そばからいってしまうと、おかあさんは、しらないうちにからだをおこして、窓《まど》のところに立っているのでありました。

「おかしいわ。わたしは、ねているはずなのに。」

と、おかあさんは思いました。しかし、たしかに立っていました。くらい森のむこうから子どもの声がきこえてきました。おかあさんは耳をすまして聞きました。自分の子ども——この世にいない子どもの声が、いくつかの声にまじってきこえてくるのがわかりました。

「いるわ、あそこに。」

おかあさんは、いっそくとびに窓《まど》からおりて、すたすたと道をいそいでいきました。森にきました。一本のふとい大きな木がありました。その木をかこんで、子どもたちが輪になってめぐっていました。めぐりながら歌っていました。どの子も、どの子も、小さな手には盆《ぼん》ちょうちんをさげていました。ちょうちんには、みな、火が赤くともっていました。いくつかのかわいい顔が火にてらされて、やみに明るくうかんでいました。年が、まだ、三つか四つの子どもたちもまじっていました。

「ぼうやも、三つよ。いっしょにいなくちゃ。」

おかあさんは目をとめて、おさない子どもの顔を見ました。それでしたのに、自分の子だけは見つかりません。

「どうしたのかしら。」

もういちど、よく見てみようと思いました。そのときに、木からはなれてそちらで泣いているような子どもの声が、きこえてきました。

「おや、あの声は。」

自分の子どもにちがいないとおもわれて、おかあさんは、そちらへいそいでいきました。くらいところに、ひとりの子どもが、あちらをむいて立っていました。

「ぼうやじゃないの。どうしたの。」

その子も、かた手にちょうちんをさげていました。けれども、それは、美しく赤くはなくて、うすぐらく、火が消えそうになっていました。そのちょうちんに、ふと目をむけておかあさんはびっくりしました。そのちょうちんのま上のへんに、ぽっかりと一つの顔が浮《う》かんでいました。それは、たしかにかがみの中で見ている顔、自分の顔でありました。顔は、泣きはれ、なみだは、ながれてたらたらと、ちょうちんをぬらしていました。なみだは、ときどき、ろうそくのほのおの上におちました。火は、そのたびに音をたてて細くなり、消えいりそうになっていくのでありました。

「ごめんよ、ぼうや。」

さけぶといっしょに、ゆめは、たちまち、さめました。

おかあさんは、身ぶるいしながらおきました。

「あの子は、あそこにいるんだよ。おかあさんは、もうもう、きょうから泣きません。ね、ぼうや、ちょうちんを明るくつけて、みんなといっしょにあそんでおくれ。おねがいよ。」

夜が、しずかに戸のきわにしらみがかってみえました。土も石も、木も草も、青ざめながら夜あけの露《つゆ》にぬれていました。ばくのからだも、そのときに、ほのぐらい町のとおりをぬけだして、きえて見えなくなりました。

（旧題＝「濡れた提灯」→「濡れる提灯」→「お母さんと獏の話」）

いもむすめ

むかしむかし、ある村に、ひとりの女がすんでいました。女は、いつも一つのねがいをもっていました。

「むすめがほしい。ひとりでいいから、むすめがほしい。」

けれども、どうしたことでしょう。春がすぎても、夏になっても、夏がおわって秋になっても、それから冬がきましても、子どもがうまれませんでした。たった一つのねがいがかないませんから、女はまい日つまらなそうにしていました。どんなにきれいなきものを見ても、じぶんでそれをきたいなどとはおもいません。うつくしいおびも、ほしいとおもいません。村じゅうのおまつりの日がやってきて、人たちが大よろこびをしているときでも女は、やっぱりつまらなそうにしていました。

「ああ、ほんとうにむすめがひとりあったなら、どんなにたのしいことだろう。」

ただ、それ一つをおもっていました。ただ、そればかりおもいつづけているのでしたが、それでもまい日、なにかしごとはやっていました。おせんたくだの、そのほかいろいろ……

☆

さて、ある日、女は野らにいもをほりにでかけました。野らには、しぜんにはえているいも――じねんじょうがありました。じねんじょうは、やぶのあたりにつるをはわせていましたから、つるを目あてにねもとをほれば、そのいもが見つかりました。女は、野らにやってきて、いもをいくつかほっているまに、たった一本、はだのきれいなかっこうのいいいもが見つかりました。女はそれをとりあげて、じっと見ながらいいました。

「ああ、ほんとうにこれがむすめであったなら。」

すると、なんと、ふしぎなこと、いもが、すぐに人のことばでいいました。

「あなたのむすめになりましょう。」

「あれ、まあ。」

女はたいへんにびっくりしました。だが、うれしくて、どうしてよいのか、わかりません。さっそくに、いもにむかっていいました。

「ほんとうに、なってくれるの。おいもさん。」

いもが、こたえていいました。

「ですけれど、いったんむすめになったなら、わたしをけなしてくださるな。」

「ええ、けっしてけなさない。」

「しかってもかまいませんが、いもであったということだけは、けっしていってくださるな。」

「いうもんですか。そんなこと。」

女は、まじめでいいました。

「それじゃ、むすめになりますわ。ちょっとのあいだ、目をとじていてくださいな。」

「はいはい。」

女は、その目をとじました。すると、たちまち小さないもは、むすめさんになりました。むすめさんは、おかあさんのかおを見あげて、にっこりしました。なんだかすこしはずかしそうに見えました。おかあさんの方だって、なんだかすこしはずかしくおもわれました。けれども、どんなにうれしかったかしれません。花のようなむすめでしたから、お花《はな》となまえをつけました。女は、こうして、むすめをつれてかえりました。

一ねんともたたないうちに、お花《はな》はせたけがのびました。おかあさんのお手つだいなら、どんなことでもできるようになりました。ごはんもじょうずにたきました。おせんたくもできました。はたけにいっては、なすやきゅうりも、もぎました。そうしてそれらをかごにいれ、かごをせおって町までいって、一つものこさずうってくるのでありました。

ある朝も、やさいをうりにいこうとして、

「おかあさん、それではいってまいります。」

そういって、かさをかぶってでかけました。

いつもの町にやってきました。

「やさいは、いかが、おやすいやさい。きゅうりとなすと……」

そういってとおりをふれていきました。ところが、その日は、やさいがうまくうれません。あちらのとおり、こちらのとおりと、町かどをいくつかまがっていきました。そうやって、どうにかものはなくなりましたが、時間がかかってしまいました。

「もう、もどってきそうなもの。」

と、おかあさんは、ひくい家のせまい戸口をしきりにでたり、はいったりして、むすめのかえりをまっていました。それなのに、むすめはかえりませんでした。おかあさんは、まちくたびれていいました。

「どうしたのかしら。どこまでいったというのかしら。」

ふと、そのむすめが、もとは野らのいもであったということを、ひょっこりおもいだしました。

「しょうがないよ、いもっ子は。まさか、あの、やぶのところにまわったわけでもあるまいし。」

おかあさんが、そういって、ひとりごとをしている戸口のそばちかくに、一本の木が立っていました。その木のえだに、一わの小鳥がとまっていました。小鳥は、はねをうごかして、くびをまげまげ、おかあさんを見ていましたが、おかあさんがまちくたびれて、こぼしたことばを、さっそくにききつけました。小鳥は、ぱらりとはねをならして、そこからとんでいきました。

夏のじぶんでありました。お花《はな》が町からかえるころには、日が高く空にのぼって、日ざしがあつくかんかんにてっていました。いつもにくらべて、かえる時間がおくれましたが、それでも、お花《はな》はあせをふこうと、かえるとちゅうのみちばたで、ある木の下にとまりました。その木のえだが、日をさえぎって、すずしいかげをつくっていました。ちょうど、お花《はな》がそこにとまってかさをはずしているときに、あたまの上の木のえだで、小鳥がうたいだしました。

おきき　ください　お花《はな》さん
あなたの　かえりが　おそいので
あの　かあさんが　いいました
「しようがないよ　いもっ子は」

お花《はな》は、はっとびっくりしながらえだの小鳥に目をむけました。小鳥は、二、三どえだうつりをして、それからぱっととびたって、つんつんとんでいきました。お花《はな》は、どんなにうらめしかったか、しれません。かなしかったか、しれません。からかごを、せなかにぶらりとしょったまま、村の家までかえってきました。その目は、なみだにぬれていました。おかあさんはおどろいて、しんぱいそうにききました。

「花《はな》ちゃん、花《はな》ちゃん、どうしたの。」

むすめは、こたえませんでした。

「これこれ、おなかがいたいのかい。」

むすめは、くびをふりました。

「そんなら、あたまがいたいのかい。」

むすめは、くびをふりました。せなかのかごをおろしもしないでなきながら、ひとりでうたいだしました。

小鳥が　おしえて　くれました
どうして　わたしを　しかったの
いもっ子なんぞと　けなしたの
かえらなければ　なりません

かなしい声でうたいおわると、むすめのお花《はな》は、おかあさんに、くるりとせなかをむけました。戸口をはなれだしました。

「これこれ、お花《はな》。」

おかあさんは、むすめをひきとめようとして、りょう手をのばしてちかよりました。けれども、お花《はな》は、つんつんととんぼのようにみちにでました。おかあさんは、あとおいかけて、つかまえてやろうとしました。けれども、お花《はな》のいく足は、もっと早くて、だんだんにはたけの方へいきました。

おかあさんは、もうしんぱいでなりません。つい、その口をすべらせて、いつかのかたいやくそくを、やぶってしまったじぶんのおちどをくやみましたが、いまさらそれをくやんでも、おいつくはずはありません。どうなることかと、はらはらしながら、あとからついていきました。

これ　これ　花《はな》ちゃん　どこへ　いく
わたしは　おまえの　かあさんで
おまえは　わたしの　むすめなの
かわいい　ひとりの　むすめなの

こう、おかあさんは、うしろからなんども声をかけました。とっとっと足をいそぐと、むすめの方でも、いそいでいこうとしましたから、なるべくそっとあとからおっていきました。おかあさんが、足のはこびをゆるめると、むすめの方でも、いそいでいくのをやめました。けれども、むすめは、一どもふりむきませんでした。わかれのかなしいなきがおを、見せたくないのでありましょう。

はたけの中に、むすめのお花《はな》はやってきました。

小さなやぶが、ありました。

やぶのところを、ちょっとのあいだ見ていましたが、足ぶみをしたかとおもうと、ふいとお花《はな》は、すがたをけしてしまいました。

「あれ、まあ、あれ、まあ。」

おかあさんは、びっくりして、やぶのところにかけよりました。むすめのきえたところには、からかごばかりが一つのこって、そのそばに、じねんじょうが、一本ぽろりとおちていました。おかあさんが、まえにそこからほりだして、手にとりあげた、あのかっこうのいいいもが。

ふしぎな花

ひとりの小さなおばあさんがありました。

おばあさんの小さな花園は、おおぜいの人の目をよろこばせました。りっぱなめずらしい花が、おばあさんの花園にたくさんありました。またたくさんなきれいな花のまんなかに、エメラルドのような緑いろの、しかもびろうどのようにすべすべした草地がありました。

この花園には、今まで一本の雑草《ざっそう》も生えたことがありません。誰《だれ》も彼《かれ》も

「こんな美しい花園は、国じゅうさがし歩いたって、一つだって、決してほかにゃあるものじゃないよ。」

といって、ほめました。そのとおり、その人たちのいったことは、ほんとに嘘《うそ》でも何でもありませんでした。

小さなおばあさんは、朝早くから夕方おそくまで、自分の花園をできるだけ気持よくき

れいにしようと、一生懸命《いっしょうけんめい》になって働《はたら》きました。けれど、おばあさんがせっかくそうやって骨《ほね》を折っているのに、東風《こち》が花園を吹《ふ》いて通るたびに、いつもおとなりの裏庭《うらにわ》から、いろんなやくざ物を持ちこんで、このきれいな花園の中いっぱいにまきちらしました。

やれやれ、ほんとに情無《なさけな》い、まアなんという裏庭《うらにわ》でしょう。いつもあるのは塵《ちり》や紙屑《かみくず》ばかり、そのほかには、皆《みな》さん方の手のひらと同じこと、何一つありません。また裏《うら》の戸口のところには、塵《ちり》や灰《はい》が小山のように高く積み重ねてありました。ですから、そのそばを通るときは、なるべくそれを見ないように、誰《だれ》も彼《かれ》もみんな顔をそむけました。なぜかって、それ以上に汚《きた》ならしいところは、国じゅうどこを探《さが》しても、決して見つかりっこ無いほどですから。

小さなおばあさんは、窓《まど》から外をながめたり、また花園のあいだを散歩したりする時は、きっと、いつでも、その裏庭《うらにわ》の方を見ました。

「やれやれ、わたしゃ、できることなら、あの裏庭《うらにわ》と一里《り》もはなれていたいのだが――」

こうひとりごとをいう日が、今までどんなにたくさんあったことでしょう。でも、たとえおばあさんが、そんな決心をしたところで――いや、実際《じっさい》そんな決心は、今までたびたびしましたが、一ど東風《こち》が吹《ふ》くと、きっとまた、それといっしょにいろんなやくざ物を吹《ふ》き寄《よ》せるのでありました。

ああ、ほんとうにおばあさんは、まるでその裏庭《うらにわ》のために、いつもお掃除《そうじ》をしているようなものでした。

しかし、この小さなおばあさんには、一体全体、それをどうしたらいいのか、まるで見当がつきませんでした。困《こま》りきっては考えたり、こうなってくれればと思って働《はたら》いたり、いろいろやってみましたが、どうしてもうまくいきません。で、とうとうしまいには、さすがに智慧《ちえ》もつきてしまいました。ところが、ある日のこと、ひとりのふしぎなおかあさんがやって来ました。

ふしぎなおかあさんは、小さなおばあさんから、骨《ほね》の折れる心配を聞きますと、

「おまえさん、何もそうくよくよしなさるな。おまえさんの花園に、『万事を正しくきめてくださる』という、ふしぎな花をお植えなさい。そしてよく世話をして、それをじっと見ていらっしゃい。しばらくお待ちになれば、きっと何も彼《か》もおわかりになりましょう。」

と、慰《なぐさ》めるようにいいました。

ふしぎなおかあさんは、枝《えだ》のついた一つの花を、小さなおばあさんにわたすと、やがてどこかへ行ってしまいました。小さなおばあさんは、それですっかり気が楽になりました。

おばあさんは、その花のめんどうを見てやったり、また、じっとかんがえたりして、

「いったい、どんなことがわかるのかしら？　早くわかるといいんだが。」

と、来る日も来る日も待ちうけておりました。

いくにちか、たのしみにして暮《く》らしていました。すると、ある日、その木に一どにぱっと花が咲《さ》きました。まア、なんて、かわいい花でしょう。どの花もどの花も、ちょうど、夜あけ時分の小さい雲のかけらのように、美しいばらいろをしていました。小さなおばあさんの花園は、その花のために、今までよりももっともっと綺麗《きれい》になりました。

「やア、こりゃすてきな花園だ。これほどの花園は、どこへいったって、決してあるまい。」

花園のそばを通る人たちは、みんなそういいました。そして、その人たちのいうことは、まったく嘘《うそ》でもおせじでもありませんでした。

けれども、お隣《とな》りの裏庭《うらにわ》ばかりは、いつにかわらず、何一つ飾《かざ》りになるものもなくて、精《せい》いっぱい汚《きたな》らしゅうございました。それればかりか、塵《ちり》や灰《はい》の山は、日に日に、大きく高くなってゆきました。そして東の方から風が吹《ふ》くときには、今までどおり、いつも、この小さなおばあさんの花園にやくざ物をさッと吹《ふ》きこんでくるのでした。

小さなおばあさんは、また、そのふしぎな花が一体どんなけいとうをはじめるのかと、毎日毎日眺《なが》めていました。けれど、来る朝も来る朝も、別にこれといって、何一つ変ったことはありませんでした。

「この花が、どんなことをはじめるのか、ずいぶん待ったが、かわりがない。もうあきあきして来たよ。」

と、おばあさんは度々《たびたび》ひとり言をいいました。(でも、まあ、あのふしぎなおかあさんが、せっかくあんなにいって下さったのだから)と、また気をとりなおして、今までどおり、毎日毎日その花のめんどうをみました。そして心のうちで、(今にこの花がりっぱな働《はたら》きを見せてくれるように。)と、心待ちに待っておりました。

間もなく、そのばらいろの花はしぼんで落ちました。落ちたあとには、種子《たね》ができました。それは何千何万という、たくさんな羽《は》毛《ね》の生えた種子《たね》でした。

ある日のこと、西の方からさっと吹《ふ》いて来た風は、たちまち旋風《つむじかぜ》を起しました。何千何万という種子《たね》は、くるくるとまいながら垣根《かきね》をこえて、おとなりの裏庭《うらにわ》へととんでいきました。しかし誰《だれ》ひとり、それが飛んでいくのを見た者はありません。あの小さなおばあさんでさえ、そのたくさんな種子《たね》がどうなったのか、すこしも知りませんでした。それに、おとなりの裏庭《うらにわ》はというと、灰《はい》の小山があったり、やくざものが転《ころが》っていたりして、いつもにかわらず、見苦しいものでした。そばを通る人たちは、誰《だれ》も彼《かれ》も顔をそむけていきました。

さすがの小さなおばあさんも、もはやこの裏庭《うらにわ》の方を見ようともしませんでした。

「その代《かわ》り、わたしゃ、このふしぎな花の木を見ていよう。」

おばあさんは、こんなひとりごとをいって、ほんとうに口でいったとおりにしました。朝早くから夕方おそくまで、その木のめんどうをいろいろ見てやったり、まめまめとよく働《はたら》いて、できるだけ自分の花園をきれいにしていました。そのくせ、おとなりの裏庭《うらにわ》の方へは、顔も向けませんでした。たとえ東の方から風が吹《ふ》いて、いろんなやくざものを花園の中へ持ちこんで来ても、いつもそれを掻《か》きあつめて燃《も》してしまいました。それについて、くよくよ思うようなことは、もう決してありませんでした。

夏はすべるように過《す》ぎて秋となり、秋はやがて冬となりました。花という花は、たいていねむってしまいました。しかし、また、春が顔を見せてきました。小さなおばあさんの花園には、またたくさんなつぼみができ、たくさんな花が一時《いちじ》に咲《さ》きはじめました。

ある朝、小さなおばあさんは、いつものとおり、おとなりの裏庭《うらにわ》の方へ背《せ》なかをむけて、自分の花園の世話を一心にしていました。すると、そこを通る人たちの、うれしそうな話し声がふと耳に入りました。

「どうだ、評判《ひょうばん》のりっぱな花園もずいぶんたくさんあるが、ここの二つほどりっぱなものは、ちょっと外《ほか》にはないね。」

「ほんとだ、こう二つが二つそろってるなんてね……」

小さなおばあさんは、何か聞きまちがいかしら？　それとも、耳がどうかしたのかと心配しました。

（あの人たちは、いったい何のことをいっておいでなのか――二つだなんて。ここの花園は、後にも先にも、わたしの一つだけなんだが……）

何気なく、おばあさんは振返《ふりかえ》ってみました。すると、どうでしょう！　おとなりの裏庭《うらにわ》は、いつの間にか、たくさんなきれいな花でいっぱいになっているのでした――何千何万という、きれいなかわいらしい花、どれもこれも、あの日の出時分の小さな雲のかけらのように美しいばらいろの花！　そのたくさんなきれいな花は、塵《ちり》や灰《はい》の小山のうえにひろがり、戸口の石のところにも群《むら》がり、庭の隅々《すみずみ》までも、一面に咲《さ》き埋《うず》めておりました。

いや、それればかりではありません。その花のまんなかで、おとなりの人は、こちらの小さなおばあさんそっくりのかっこうで、いそがしそうにやくざ物をあつめたり、高低《たかひく》のところをならしたりしていました。

「まア、いいお天気ですこと、花もこんなにきれいに咲《さ》きました。」

おとなりの人は、小さなおばあさんに、にこにこ笑いながらおじぎをしました。

「まア、おきれいですこと、ほんとに世界一ですわ。」

小さなおばあさんは、自分までうれしくなって、おとなりの花をしきりにほめたてました。おばあさんは一日、にこにこしていました。

小さなおばあさんは、いつかのおかあさんのくれたふしぎな花が、りっぱにその仕事を仕上げたことが始めてわかりました。

編者解説

「ひろすけ童話」と浜田廣介

浜田留美

一般に浜田廣介は、幼年童話の先駆者と言われているが、「ひろすけ童話」は幼年童話ばかりではない。本集には、代表作の「泣いた赤おに」「むく鳥のゆめ」のほかに十八編の童話を収めた。これまで小学生向けの童話集には載せられなかった作品もとり入れて、「お伽話《とぎばなし》を作者の思いや心を表わす文学に高めようとした」廣介の「子供の読物であると同時に、ほかの人たちにも見ていただきたい」童話の見本集を作ってみた。大正時代から昭和にかけて太平洋戦争以前の童話ばかり、長いものも短いものもある。当時は一般的な常識だったことが、現代の読者には驚きとして受けとられるものもあるだろう。

浜田廣介（一八九三〜一九七三）は、早稲田大学の学生だった一九一七年、「新作お伽話」の懸賞に一等入選、コドモ社の雑誌『良友』に寄稿を乞《こ》われ、卒業後、同誌の編集者となって童話を書き続け、童話作家となっていった。

現在、廣介の記念館のある山形県高畠町《たかはたまち》がまだ屋代村《やしろむら》であった頃、廣介は農家の長男として生まれ、東置賜《ひがしおきたま》盆地の美しい自然に触れながら、母や祖母の昔話を聞いて感性豊かに育った。「よぶこどり」は、母から聞いた、子を失った哀れな母親の昔話がパン種になっていると廣介は語っている。教育熱心な父は、学齢前から廣介に読み書きを教え、当時は貴重な巌谷《いわや》小波のお伽話の本や、少年雑誌を買い与えた。廣介は早くから作文を投書したりして文学に親しむことができた点、明治の頃にしては恵まれていた。

ところが、廣介が米沢中学（現米沢興譲館高等学校）に入学して寄宿中のある日、帰省したところ、母が弟妹三人を連れていなくなっていた。長男の廣介は残され、父は母に会うことを禁じたのである。廣介は、家では父と二人きりの寂しい暮らしとなった。「むく鳥のゆめ」には、こんな背景がある。廣介の母への思いには複雑なものがあったろう。ほかに母を描く三編を載せた。西アフリカ伝説を再話した「いもむすめ」、北の国のアラスカに場を求めて、ひとりで創《つく》り出したという「アラスカの母さん」では死んで行く母の子への想いが哀切である。また、「町にきたばくの話」は、一九二四年に書いた「濡れる提灯《ちょうちん》」をもっと童話らしくしようと後に改作したものだが、旧作には、子を失って嘆き悲しむある母を慰めようとして書いたものとある。因《ちな》みに、廣介は、私たち家族に父母の別居のことを終生語ることがなかった。

一九一四年春、中学を卒業した廣介は、文学の勉強がしたい一心で早稲田大学入学を目指して上京した。その頃、父親は破産、家も田畑も失っていて、長男としては反《かえ》って好都合であったかもしれないが、ちょうど上京中の友人の滞在先を頼る有様であった。雨が降っても傘がない状態での苦学生活の中で、廣介は「萬朝報《よろず》」の懸賞短篇小説に応募し、その年九月、十月と続けて入選、各十円の賞金は、後ろ盾のない暮らしを助けた。十八年に大学を卒業するまでに七回入選している。こうした賞金目当ての一端として、先の「新作お伽話」も書かれたのである。

「ひろすけ童話」には、憎まれ者の鬼にも絆《きずな》を思う心を持たせた「泣いた赤おに」「豆がほしい子ばと」「波の上の子もり歌」など本集の作品以外にも沢山の童話に、弱者へのまなざしがある。この優しさは、苦しかった若き日の廣介の人生と無縁ではない。ほんの僅《わず》かでも人の思いやりがどんなに人生を潤すものかを知って初めて書かれたものである。晩年近く、廣介は、自分の童話を「すべて善意に基いて」書いたと述べているが、本集の読者が、安易に「善意」という軽い言葉では片付けられないものを読み取られることを期待している。かつて、文芸評論家の巌谷大四《だいし》氏にお目にかかった折に、私が娘であることを名のると、氏は「僕は、浜田廣介を普通の児童文学者だとは思っていません」と、文芸家仲間としての親愛感を示してくださった。

自然主義小説の時代に、小説を書いて入選していた廣介が、大学でアンデルセン童話の英訳本に出あったことの影響は大きい。童話にも作者の思いを盛り込むことができることに廣介は目を開かれた。「ひとつのねがい」、ある大将の銅像をめぐる噂話《うわさばなし》に空想をめぐらせた「たましいが見にきて二どとこない話」、全く空想の作という「砂山の松」「からかねのつる」「まぼろしの鳥」「投げられたびん」からは、幼年童話とは違った詩人としての廣介が見えてくる。「砂山の松」の中の神さまのことば「どんなことにであうとも、けっして、ひとをうらむなよ。けっしてじぶんをすてるなよ。……」には、逆境にあった廣介の自己へのいましめが書かれているような気がしてならない。今の世の人達に考えていただきたい言葉である。

廣介は一九二八年一月、中学時代からの友人の妹トクと、三十四歳で結婚したが、この年「五ひきのやもり」を童話作家協会編『日本童話選集3』に載せた。両親とのしあわせな家庭を失った廣介は、西村白烏《はくう》の『煙霞綺談《えんかきだん》』中の「やもり虫くい物を運ぶ」という二八〇字に足りない記述から想を得て、この童話を書いた。十一月に長男が生まれて、新家庭での愛し合う家族の夢を描いたのかもしれない。

昭和になると、三男二女の子の親となった廣介は、時代の要請に従って幼年童話の作家と呼ばれるのにふさわしい童話を書くようになった。自らナンセンス・テールと呼んだ「ひらめの目の話」はゆかいで、なるほどと納得してしまう。廣介は、帽子を忘れてハットしたという程度の冗談をよく言うことがあり、ユーモア好きであった。「南からふく風の歌」「お月さまのごさいなん」などにも巧まざるユーモアが隠れている。「お月さまのごさいなん」は、月へ行く時代に時代錯誤と思われかもしれないが、スコットランドの沼沢《しょうたく》地方の伝説を英書で読み、月を捕らえて埋めるという発想は日本にないところが面白く、悪魔をかっぱに変えて日本人向けに創作したという。話としては面白いので収めた。これとは全く違ったかっぱの姿が、「かっぱと平九郎《へいくろう》」である。私の小さい頃の懐かしい単行本だが、現在行方不明で出典がわからない。こちらのかっぱは廣介の配慮のせいかだいぶ立派である。もし今もいたならば、十分共存できるだろう。

最後の「ふしぎな花」は、一九三三年の廣介編の童話集から採録した。せっかくきれいにしている自分の花園に隣の裏庭から塵や紙屑《かみくず》などが飛んでくることは現代でもありそうなことである。「万事を正しくきめてくださる」という花は外国童話を想像させるが、汚い隣の裏庭までも美しく変えて、気持ちよく生きていくための知恵に気付かせるこの童話に、現代の私たちも教えられるものを感じて廣介の創作ではないが敢《あ》えてとり上げた。

（はまだ・るみ／浜田広介記念館名誉館長、廣介二女）

エッセイ

浜田廣介の作家魂 ―「泣いた赤おに」から―

立松和平

何度読んでも、「泣いた赤おに」は不思議な作品である。

どこの山かわからない崖《がけ》のところに、一軒の家が建っていて、若い赤おにが住んでいた。目玉が大きくて、角が生えていて、赤おにはいかにも鬼の姿をしている。どこにでもいる普通のおにである。

だがそのおには心がやさしくて、人間と友達付き合いをしたいと願っている。ここでは人間が多数派で、おには少数派のようだ。おには人間と敵対し、人間から見れば悪さをするから、おにと呼ばれる。しかし、その赤おにはおにである自己を否定するおにである。おにと人間の違いというのは、あくまでも全身が真っ赤で、目玉がきょろきょろして、頭に角が生えているという外見の属性でしかない。だがその属性ゆえに、たちまち人間から差別を受けなければならないのだ。

おには自己否定をし、おにであることから脱却をはかる。自分は外見上おにであることまでは否定しないが、普通一般のおにではなく、よいおになのだと自己主張する。おにであることをまず認めるところから出発するのが、おもしろい。おにである存在を否定していないところが、浜田廣介流なのである。おには自分の家の戸口の前に、立札を出す。

「ココロノ　ヤサシイ　オニノ　ウチデス。

ドナタデモ　オイデ　クダサイ。

オイシイ　オカシガ　ゴザイマス。

オチャモ　ワカシテ　ゴザイマス。」

誰にでも読めるやさしい仮名の文字で書いたという。しかし、自己を「オニ」といっている以上、人間は彼をおにとしか見ない。「ココロノ　ヤサシイ」といっても、自分でいっているだけで、外観上その表象があるからこそおになのである。まして、おにと自分でいっている以上はおになのだ。この「おにである自己」を否定せず、外見を変えるわけでもなく、どこまでもおにを通そうとする。おにはその外見でもって、これまでさんざん悪事を重ねてきた。だからおにと呼ばれているのだが、突然自分はよいおにだから遊びにこいといっても、人間がやってこないのは当然だ。

私はここに浜田廣介の作家魂を感じる。外見をとり繕って自分はおにではないと主張するのではなくして、あくまでおにの外見をまったく変えず、おにのまま人間と仲良くしたいと発願するおにを描くのである。原理原則を変えず妥協することなく、おにである自分を認めさせようとするのである。それは一般に不可能なことなのだ。

案の定、おにの出した立札を見た人たちは、いぶかしく思うばかりで近づこうとしない。当然である。外見がおにだからおにと見られているのに、そのことを曲げようとしないからである。人々は気味悪がり、おにの家の中をこっそりのぞいて見たりする。近づいてきたところをつかまえて食べられてしまうかもしれないから、人間とすれば気をつけなければならない。

悪さをくり返してきた属性は、簡単には消すことができないのである。それはまわりの人間の心理の壁に染み込んだことなのかもしれない。

家の中をのぞき込んだきこりに、おにはやさしく声をかける。するときこりたちは、おにが追いかけようともしないのに、逃げ出すのである。おには自分の存在に絶望的になる。

「こんなもの立てておいても、いみがない。まい日、おかしをこしらえて、まい日、お茶をわかしていても、だれもあそびにきはしない。ばかばかしいな。いまいましいな。」

とうとうおには本来のおにという存在に戻っていこうとする。おには、外部によってつくられるということだ。おにという存在に追い込まれるといってもよい。一度おにと呼ばれたからには、そこから脱却するのは容易ではないということである。果てしない力業《ちからわざ》が必要なのだ。

そのことをよくわかっている青おにが、一つの申し出をする。自分がおにとしての存在を精一杯利用して暴れるから、人間の目の前で自分を思う存分やっつけて、よいおにだという証《あか》しを立ててくれというのである。それは自己犠牲ということだ。それではあまりに申しわけないと赤おにがいうと、青おには自己犠牲の効果を説く。

「水くさいことをいうなよ。なにか、ひとつの、めぼしいことをやりとげるには、きっと、どこかで、いたい思いか、損をしなくちゃならないさ。だれかが、ぎせいに、身がわりになるのでなくちゃ、できないさ。」

こうして山をくだって村にはいっていった青おには、老人が平穏に暮らしている家にはいり、乱暴をする。乱暴といっても、食器やお櫃《ひつ》や味噌《みそ》汁鍋《しるなべ》を手当たりしだいにぶちまけるくらいだ。そこに人間と仲良くしたい赤おにがやってきて、青おにになぐりかかる。首のところをぐいぐいしめつける。

「だめだい。しっかりぶつんだよ。」

なぐられるほうが、こういってなぐるほうを励ますのだ。こうして芝居はうまくいき、赤おにには最初の目論見《もくろみ》のとおりに人間からの信頼を得るのである。

赤おにの家に、人間たちがくるようになった。赤おにの家は質素な部屋に手づくりの家具が置かれ、壁には赤おに自作の油絵が掛かっている。その絵の中で、赤おには首のところに人間の可愛い子をまたがらせている。この姿が赤おにが長いこと思い描いていた理想の光景で、それがついに実現したということである。赤おには自分でお茶とお菓子を運んでいき、次から次とやってくる人間たちにサービスする。

青おにの犠牲の果てに、赤おには自分の理想の生活を手にいれることができた。自己否定を完全になすことができたのである。

ここで赤おには幸福になったのだろうか。善良な人間たちが毎日毎日家にやってきて、赤おにはお茶とお菓子を提供する。努力をやってもやってもきりもない世界の中に、赤おにはただはいってしまっただけではないのか。おにが悪で、人間が善だという価値観なのだが、こうして只《ただ》で無制限にお茶を飲みにきてお菓子を食べにくる人間たちが善良そのものだとは、とても私には思えないのである。

実はここに深いアイロニーがあると私は感じるのだ。浜田廣介の書き方は、おにの属性である姿は最後まで捨てず、最後の最後のところでおにと人間とが入れ換わっているのだ。底抜けに善良なのは、二人のおにのほうなのである。ただお茶を飲みお菓子を食べにくる人間の、どこが善良というのだろう。

「泣いた赤おに」は、青おにという本当の友達を失った、心から善良な赤おにの物語なのだと私には読める。

（たてまつ・わへい／作家）

本書は、浜田留美氏によるオリジナル編集です。株式会社集英社より一九七五年から七六年にかけて発行された『浜田廣介全集』、一九三三年に日本図書から発行された『画と童話の王国』を底本にし、一部読みやすいように表記を改めました。また、本作品集には、今日の人権意識から見て不適切と思われる表現が含まれていますが、作品が書かれた時代背景、著者（故人）が差別助長の意図で使用していないことなどを考慮して、現表記のままとしました。

Haruki Bunko
ハルキ文庫

は 6-1

浜田廣介童話集《はまだひろすけどうわしゅう》

著者 浜田廣介《はまだひろすけ》

2006年11月18日第一刷発行
2008年10月18日第二刷発行

発行者 大杉明彦

発行所 株式会社角川春樹事務所
〒101-0051東京都千代田区神田神保町3-27二葉第1ビル

電話 03(3263)5247(編集)
03(3263)5881(営業)

印刷・製本 中央精版印刷株式会社

フォーマット・デザイン 芦澤泰偉
表紙イラストレーション 門坂 流

ISBN4-7584-3264-3 C0193
http://www.kadokawaharuki.co.jp/[営業]
fanmail@kadokawaharuki.co.jp[編集]　ご意見・ご感想をお寄せください。